Adalbert Horawitz

Des Beatus Rhenanus literarische Thätigkeit in den Jahren 1508-1531

Antigonos

Adalbert Horawitz

Des Beatus Rhenanus literarische Thätigkeit in den Jahren 1508-1531

Unveränderter Nachdruck der Originalausgabe von 1872.

1. Auflage 2024 | ISBN: 978-3-38643-328-0

Antigonos Verlag ist ein Imprint der Outlook Verlagsgesellschaft mbH.

Verlag: Outlook Verlag GmbH, Zeilweg 44, 60439 Frankfurt, Deutschland
Vertretungsberechtigt: E. Roepke, Zeilweg 44, 60439 Frankfurt, Deutschland
Druck: Libri Plureos GmbH, Friedensallee 273, 22763 Hamburg, Deutschland

DES BEATUS RHENANUS

LITERARISCHE THÄTIGKEIT

IN DEN JAHREN 1508—1531.

Von

ADALBERT HORAWITZ.

WIEN, 1872.

IN COMMISSION BEI KARL GEROLD'S SOHN

BUCHHÄNDLER DER KAIS. AKADEMIE DER WISSENSCHAFTEN.

DES BEATUS RHÉNANUS

LITERARISCHE THÄTIGKEIT

IN DEN JAHREN 1508—1531.

———

Von

ADALBERT HORAWITZ.

———

WIEN, 1872.

IN COMMISSION BEI KARL GEROLD'S SOHN

BUCHHÄNDLER DER KAIS. AKADEMIE DER WISSENSCHAFTEN.

Aus dem Junihefte des Jahrganges 1872 der Sitzungsberichte der phil.-hist. Classe der kais. Akademie der Wissenschaften (LXXI. Bd., S. 643) besonders abgedruckt.

Druck von Adolf Holzhausen in Wien
k. k. Universitäts-Buchdruckerei.

Die Bedeutung des Beatus Rhenanus [1] als Herausgeber
von Classikern und Kirchenvätern wurde in eingehender Weise
noch nicht dargestellt. [2] Wird auch in der vorliegenden Arbeit
das Ideal, das dem Verfasser vorschwebte, — ein Bild der Physiognomie Rhenanus des Philologen zu liefern — nicht erreicht,
so dürfte doch mindestens für die bibliographische Genauigkeit
hinlänglich gesorgt und für jetzt wenigstens die Thätigkeit des
rastlosen Mannes in grösseren Umrissen gezeichnet worden
sein. Die Anordnung des Stoffes in chronologischer Aufeinanderfolge schien hier am Passendsten.

Jugendwerke.

Das erste Werk, auf dem wir den Namen des Beatus
Rhenanus als Herausgeber sehen, ist die Edition der Epistolae
prouerbiales seines Lehrers Faustus Andrelinus, die er um
1508 besorgte. Der vollständige Titel lautet: P. Fausti Andrelini
Foroliuiensis Poetae Laureati atque Oratoris clarissimi Epistolae
prouerbiales et morales longe lepidissime nec minus sententiose.
Ex secunda Recognitione. Auf der zweiten Seite befindet sich die
Zueignung des Rhenanus an seinen früheren Lehrer Hieronymus
Gebweiler zu Schlettstadt (Selestati bonas literas profitenti).
In dieser Dedication bekennt Rhenanus, dass die Herausgabe —

---

[1] Vgl. meine Biographie des Beatus Rhenanus in den Sitzungsberichten
der phil. histor. Classe der k. k. Wiener Akademie der Wissenschaften.

[2] Sehr ansprechend aber auch sehr kurz hat J. Mähly in der Alsatia
1856—57 die Thätigkeit des Rhenanus als Herausgeber dargestellt.

dieses Nachdruckes [1] — zum Besten der Jugend unternommen sei, da sich in diesem Werke F. Andrelinus als unbescholtenen und sittenstrengen Redner erweise. Der Inhalt der Vorrede ist, wie die ‚Epistolae‘ selbst, durchaus moralisch und spricht die Absicht aus, der Jugend eine Art von Wegweiser zu einem guten und glücklichen Leben in die Hand zu geben. Der Jüngling wird daraus lernen, wie sehr er die Liebe der Frauen — die bei Andrelinus c. 5 sehr übel wegkommen — und das Vergnügen zu fliehen habe, und wie richtig der griechische Satz sei, den Hermolaus Barbarus durch die Worte: ‚Venter, pluma, Venus laudem fugienda sequenti‘ übersetzt. Er wird daraus lernen, dass man die kostbare Zeit nicht in Trägheit verbringen dürfe, und man die Musse als den Ursprung so vieler Uebel meiden müsse.

Neben dieser moralischen Tendenz fasst er aber auch den formellen Nutzen in's Auge, der in der eleganten Latinität der Epistolae liegt. —

Erst zwei Jahre später begegnen wir wieder einer literarischen Arbeit des Rhenanus, einer biographischen Leistung, einer Art von Panegyricus und Gelegenheitsschrift. Es ist die um 1510 bei Schürer in Strassburg erschienene Vita Joannis Geileri Cäsaremontani, Primi Concionatoris In Aede Sacrae Majoris Ecclesiae Argentoratensis. [2] Das kleine dem Dr. theol. Jodocus Gallus gewidmete Schriftchen ist in guter knapper Sprache geschrieben und giebt eine kurze nur zweimal durch Reflexionen über die Verderbtheit der Geistlichen unterbrochene Schilderung des berühmten Predigers. Als Quellen nennt er die Mittheilung eines Diener Geiler's des Religiosen G. Lucelstein und einen alten Calender, in dem sich viele Notizen (wol von Geiler selbst) befanden. — Das Wesen Geiler's wird recht gut in der Bemerkung zusammengefasst, er sei nicht, wie so viele im Reden ein Cato, im Handeln aber Sardanapal gewesen,

---

[1] Vgl. Denis Wiener Buchdruckergeschichte 207—8. Die mir vorliegende Ausgabe ist ein Wiener Nachdruck von J. Singrenius 1520—4. Expensis B. Werlen. Rhenanus unterzeichnete die Vorrede: Selestati pridie Calendas Septemb. Anno MDVIII. Am Schlusse erwähnt er des Aristoteles mit den Worten: Aristoteles summus (Pliniano Eulogio) in omni scientia vir..

[2] Auch bei der trefflichen Schilderung Geiler's in der Geschichte von Elsass von W. Scherer und O. Lorenz benützt. (B. I. S. 149 ff.)

sondern habe die Menschen durch sein Beispiel belehrt, was man thun müsse. Rhenanus gefällt sich hier nicht in Phrasen, wie so viele Panegyriker, er kommt bald zur Sache, leitet geschickt ein, indem er in der Vorrede an Gallus von dem schnell nacheinander folgenden Verluste der Vertreter der Beredsamkeit (Wolf) und des Glaubens (Geiler) spricht, im Eingange des Werkes selbst aber die Berechtigung desselben mit wenigen einfachen Worten aus dem Vorgange der Alten und dem besonderen Werte einzelner durch die Tugend hervorragender Männer ableitet.

Durch Analogien und Parallelen mit dem Alterthume wie durch die nette Latinität zeigt Rhenanus hier schon überall den Humanisten, wie er denn auch seinen Eifer für die schönen Studien an den Tag legt. Ihre grosse und naheliegende Zukunft sieht er durch die vielen der Wissenschaft ergebenen jungen Männer für gesichert an. [1] Zum Schlusse fügt er — also damals schon seine Neigung — von ihm verfasste Epitaphia auf die kurz nacheinander gestorbenen Zierden Strassburgs, auf Th. Wolff den jüngeren und Geiler hinzu und spricht seinen Unmuth darüber aus, dass man seine Inschrift nicht an Geilers Grab angebracht habe. Sie wird wohl — wenn auch ganz im Geschmacke der Humanisten gehalten, ebendesshalb Anstoss erregt haben, denn bei strenggläubigen Christen konnte Geiler durch einen Vergleich mit Perikles, Sokrates und Numa gewiss nicht gewinnen. [2] — Im Allgemeinen wird man nicht anstehen in Rhenanus Schrift — trotzdem sie an Ausführlichkeit und Bedeutung der grossen gleichzeitig herausgegebenen Biographie Geilers von J. Wimpfeling [3] bei Weitem nicht gleichkommt — eine anständige Schülerarbeit zu sehen. [4] Freilich die Biographik war nicht die Stärke dieses kritischen Philologen, der wenige Jahre (1515) später seine Editionsthätigkeit begann.

---

[1] Pag. ult : cum se literaria juventus omnis ad priscam elegantiam repudiatis gramatistarum deliramentis foeliciter componat.

[2] Wörtlich : Qui Pericle Eloquentior, Socrate Continentior, Numaque Religiosior !

[3] Bei Riegger Amoenitates Friburgenses fasc. I. S. 99 ff.

[4] Sie wird auch noch in unseren Tagen benützt. Vgl. Ammon Geiler von Kaisersberg Leben 1826.

Tendenzschriften.

Vor der eigentlichen philologischkritischen Editionsthätigkeit erblicken wir Beatus Rhenanus mehrmals auch als Sammler und Herausgeber einer Reihe tendenziöser Abhandlungen. Um 1510 schloss er nemlich eine Sammlung ab, die folgenden Titel hat: Heus lector novarum rerum studiose, hic habentur de fortuna Francisci Marchionis Mantuae F. Baptistae Mantuani Carmen [1] elegantiss. — Videbis in eo carmine; quanti celeberrimus poeta invictissimum Caesarem Maximilianum faciat, quid de Rege Francorum Ludovico, ac Venetis sentiat. Epistola elegiaca Fausti Andrelini qua Anna Franciae regina Ludovic. Franciae regem maritum suum post subactos Venetos ad se revocat. Antonii Sylvioli Parisiensis chilias de triumphali atque insigni Christianiss. Francorum regis Ludovici Duodecimi victoria. — Petri de Ponte Brugensis Caeci, de abitu ac reditu pacis carmen. — Sunt in eo multa ad Maximiliani filiae laudem pertinentia — Domini Zachariae abbatis ad Venetos elegia, de dominio eorum brevi diruendo et ut ad cor revertantur. o. O. und J. 4. 39 Bll. [2]

Wie man sieht eine echte Tendenzsammlung von Schriften, die gegen Maximilians Hauptfeind gerichtet waren und das Lob des Kaisers kündeten. Die Dedicationsepistel (aus Schlettstadt, quinto Idus Junias MDX datirt) ist an Thomas Aucuparius ‚den gekrönten Dichter‘ gerichtet und erzählt demselben die Entstehung der Ausgabe. Aus Paris habe er kürzlich durch die Güte seines Landsmanns Kierher, eine Abschrift des Gedichtes des Baptista Mantuanus erhalten. Kierher habe dieselbe, von Hummelberger unterstützt, genau mit dem Original verglichen. Diese Schrift des von keinem Geringeren, als Sabellicus gerühmten Dichters, die auch durch ihren geschichtlichen Inhalt unser Interesse fesselt, fand Matthias Schürer, als er in der Bibliothek des Rhenanus die Briefe des Jakob Faber, Fortunatus, Badius Ascensius und Druinus an den Ersteren las und dabei auf Novitäten Jagd machte. Er

---

[1] Eigentlich steht Cramen im Drucke.

[2] Am Schlussblatte findet sich die Bemerkung: Argentorati in Schüreriaris aedibus Ecclesiae Julio II. Maximiliano Imperii, Deo Opt. Max. Totius machine Rectore M. D. X.

veranlasste wol die bei ihm (20. Juni) erschienene Ausgabe.
Wie Rhenanus die patriotische Begeisterung für Maximilian —
so ganz im Sinne der Bebel, Peutinger und A. — zu entflammen
bestrebt ist, zeigt auch seine Ausgabe von J. A. Modesti
Umbri carmen ad invictissimum Cesarem Maximilianum, das
1509 bei J. Winterburg erschien, aber schon im nächsten Jahre
durch Rhenanus bei Schürer in Strassburg wieder abgedruckt
wurde. — Theilweise auch Maximilians Verherrlichung ver-
breitend, theilweise von ausgesprochen moralisch-lehrhafter
Tendenz ist die um 1511 erschienene Ausgabe der Hymni
heroici des Grafen Joh. Fr. Picus von Mirandula,
die den Titel führt: Joannis Francisci Pici Mirandulani Principis Concordiaeque Comitis Hymni Heroici tres. Ad Sanctissi-
mam Trinitatem, ad Christum et ad Virginem Mariam, Unacum
Commentarius Luculentiss. ad Jo. Thomam Filium. Additis sparsim ab ipso autore pauculis, que in priori impressione deerant.
Ejusdem Sylva. Ejusdem Staurostichon, hoc est Carmen de
mysteriis Crucis in Germaniam delapsis. (Dieses Gedicht war
an Kaiser Maximilian gerichtet.) Auf der Rückseite des Titelblattes ist zu lesen: Beatus Rhenanus Studiosis Salutem, darauf
folgt die Vorrede. ,Der Apostel Paulus (diuinissimus) hat das
Wort des Menander, dass schlechte Gesellschaften gute Sitten
verderben, aufgenommen, auch die Gelehrten haben es bestätigt.'
So beginnt Rhenanus die Vorrede. Eine gewaltige Macht besitze
die Rede, wie die Lectüre. Nicht aus den heidnischen Schriftstellern aber will Rhenanus Anregungen zu guten Sitten
schöpfen, er hält dies damals noch für unmöglich. Für Christen
ziemen sich Schriften, wie die des Grafen von Mirandula, bei
fleissiger Lectüre derselben zweifelt Rhenanus nicht, dass die
Bildung der Leser ausserordentlich und doch fromm sein werde.
In diesen Hymnen seien nemlich beinahe alle natürlichen und
moralischen Vorschriften enthalten. Einen besonderen Vorzug
an des Picus Werk findet Rhenanus in der Benützung
griechischer Autoren wie des Athenaios, Eustathios, Stephanos,
und Dionysios. [1] — Jedesfalls verbürgt uns diese Ausgabe des
Picus des Rhenanus Beschäftigung mit platonischer Philosophie.

---

[1] Vgl. auch die Worte: Ex commentariis vero non tam Theologica dog-
mata et vocum significantias q̄. fabularum mysteria (!) graecis citatis
scriptoribus . . . . . aptissime cognoscetis. — Ob die Angabe der grie-

Seneca's Ludus.

Das erste Stück aus der alten Literatur aber, das Beatus Rhenanus meines Wissens herausgab, erschien unter dem Titel: Ludus L. Annaei Senecae, De morte Claudij Caesaris, nuper in Germania reptus, cū Scholijs Beati Rhenani. Dieser Ausgabe sind noch zwei Schriften beigegeben, nemlich: Synesius Cyrenēsis de laudibus Caluitij, Joanne Phrea·Brittano interprete cū Scholijs Beati Rhenani, und das Moriae Encomion des Erasmus mit dem Commentare des Gerard Listrius ,trium linguarum periti.' Das Buch hat auf dem Collectivtitel die Bemerkung: Apud Inclytam Germaniae Basileam, auf dem Schlussblatte das Wappen Joh. Frobens mit drei Inschriften in lateinischer, griechischer und hebräischer Sprache (trilinguis). Die Schlussseite der Ausgaben des Rhenanus trägt dieselben Embleme an sich, hat aber oben die Bemerkung: Basileae In Aedibus Joannis Frobenii. Mense Martio Anno. M.D.XV unten die Worte: Regnante Imp. Caes. Maximiliano P. F. Augusto.

Auf der Rückseite des Titelblattes findet sich die Dedication des Rhenanus an Thomas Rapp aus Baden, Professor der freien Künste. [1] In ihr erklärt der Herausgeber den Zweck, den Seneca, der treffliche Philosoph und Redner, mit der Abfassung dieses Gedichtes verfolgt habe. Der moralische Werth des Stückes aber ist es in erster Linie, der Rhenanus bewegt ,dieses neulich aufgefundene Fragment von Seneca als einen Édelstein des Alterthums herauszugeben, da man ja das, was wir bei Andern tadeln hören, zu meiden gewohnt ist.' Als einen anlockenden Reiz hat Rhenanus zum Texte aus Sueton und

chischen Lesefehler von Beatus herrührt, steht nicht fest, die angefügte lateinische Emendation liesse darauf schliessen. — Am Schlusse der Sylva steht: Argentorati in libraria officina Matthiae Schüreri Mense Augusto, Anno Salutis MDXI. Regnante Imp. Cas. Maximiliana Pio Foelici Aug.

[1] Er überhäuft ihn mit grossen Lobsprüchen z. B. Equidem dignus es, ob tuum in politioreis literas amorem, ac eam, qua me non merentem colis observantiam, quem reliqui quoque mortales plurimum a me redamari, cognoscant. . . . . . Esset id a natura tua alienissimum, qui cuncta bonâ consulere solitus es, atque hoc nomine bene audis, omnibus dilectus, ut quem commendet humanitas, expoliant literae absolvat integritas.

Tacitus — freilich eilfertig (tumultuanter) — Scholien hinzugefügt. Freimüthig gesteht er dabei ein, dass er auch hie und da sich Conjecturen erlaubt habe, und nicht der Autorität der Geschichtsschreiber gefolgt sei. Dies hätte er gethan, da die ersten Bücher des Tacitus nicht vorhanden, oder ihm wenigstens nicht zugänglich, obwohl er gehört habe, dass sie vor einigen Jahren aus Deutschland nach Italien geschafft worden seien. Hie und da musste er sich auch bei der Textesherstellung auf das Errathen (diuinando) verlegen, denn sein Exemplar bot ihm wenig genug. [1] Die griechischen Citate des Seneca konnte er nicht geben, da auch in dem ihm vorliegenden Exemplar an der Stelle derselben ein leerer Raum gelassen ward. — Lange Zeit meinte man, Rhenanus sei der erste Herausgeber des ‚erst kürzlich in Deutschland gefundenen‘ Ludus gewesen. Dem ist nicht so. Bereits zwei Jahre vor seiner Edition war schon zu Rom (1513) [2] durch C. Sylvanus eine Ausgabe der in Deutschland aufgefundenen [3] Schrift zu Nutz und Frommen der Lernbegierigen veranstaltet worden. Sie erschien unter dem Titel: Lucii Annaei Senecae In Morte Claudii Cäsaris Ludus Nuper Repertus und war dem Albertus Pius Carporum Principi dem Gesandten Maximilians zu Rom gewidmet. Diese von Druckfehlern arg entstellte [4] Ausgabe ist die eigentliche Editio princeps, sie ist auch zweifellos das ‚archetypum‘, auf dem die Ausgabe des Rhenanus basirt. Dafür spricht Alles. Auch hier nemlich fehlen die griechischen Citate, aus dem naiven Grunde, damit es Jedem, der es besser wisse, freistünde, Besseres anzugeben oder herzustellen, fast genau derselbe Raum wird in beiden Ausgaben für diese Lücken freigelassen. Aber das Entscheidendste ist die beinahe durchgängige Gleichheit des Textes, die sich genauer von Wort zu

---

[1] Ad haec, schreibt er, at in Graecis nonnulla diuinando restituimus, sic quaedam non nisi melioris archetypi (!) subsidio reponenda transire coacti sumus, quod nostrum exemplar, Graecorum characterum, ne ulla quidem quantumuis exilia vestigia haberet.

[2] Die Vorrede schliesst mit der Datirung Rome quarto Nonas Augusti M D.XIII und zwei Distichen des Mariangelus Accursius an Sylvanus.

[3] Hoc opusculum, quod in tenebris tot annis, paucisque, admodum notum fuit.

[4] Das Nachwort gesteht dies selbst ein: Quae autem mendosa videbantur paucula pudore nostro non corrigimus.

Wort fortschreitender Vergleichung ergab. Nur — ohnedem in die Augen fallende — Druckfehler [1] sind verbessert, falsche Schreibungen durch richtige ersetzt, [2] hie und da ist auch die Interpunktion verändert. [3] So könnte man der Edition des Rhenanus beinahe nur den Werth eines guten Nachdrucks einräumen, wenn nicht einige Emendationen — einzelner Worte freilich nur — vorlägen. [4] Doch der Text zeigt nirgends solche Verschiedenheiten, dass wir der Annahme, Rhenanus habe aus einer andern Handschrift geschöpft, als Sylvanus, Glauben schenken könnten. Zu voller Gewissheit wird aber die Annahme, dass Rhenanus die Editio Romana zur Grundlage seiner

---

[1] z. B. fleicissimi statt felicissimi, philisophos, Oroper für Oropen, div Augustinus (!) für divus Augustus (ob dies auch ein Druckfehler ist?) viam tectam statt rectam, Jurisconsulti : Jurisconsulti. Man möchte beinahe versucht sein, die Worte Zumpts über das Verhältniss der Curtiusausgabe des B. Merula zu der des Vindelinus (Venedig 1471) auch hier anzuwenden : nihil aliud fecit, quam. quod hodie vel ignavi correctores in emendandis typographorum plagulis faciunt, ut errores aliquot nimis conspicuos ex principe editione tolleret. Vgl. übrigens Bücheler in Symbola Phil. Bonnensium etc. Lips. Teubner 1864—1867 S. 77 ff. und Vahlen Valla III.

[2] Statt Cloto : Clotho; statt Hyspanos, Brytannos, hystoriis, Juppiter, lugduni relligione, Cyllenius, Brygantes, Taltibius, Sisiphio hat Rhenanus die richtige Schreibweise. Statt der italienischen Lesart Oratius setzt er Horatius.

[3] Ich konnte vier derartige Abänderungen bemerken.

[4] Ich gebe alle àn, auch die willkürlichen Abänderungen, das Citiren wird nur durch den Mangel der Paginirung und der Versikeleintheilung erschwert. Ich stelle also die Lesarten nebeneinander :

Editio Romana	Editio Rhenana	Editio Romana	Editio Rhenana
tametsi	tamen si	fero	refero
quid	qui	pestiferum	pessimum
certe clara affero	certa, clara affero	itaque ne videar	itaque ne videar
mehercle	me hercle	in personam non	in personam non
millia	milia	jure	in rem
secula	saecula (zweimal)	abscidit	abcidit
Ve me	Vae me	rettulit	retulit
impresserunt	impressit	ut duas avias	ut duas amitas
mirari	minari	caelo	coelo 2mal
belluis	beluis	si nulli durus	si nulli durius
Exprime	exprome	fingite mugitus	fingite luctus
qua genitus	e qua genitus	potuit ocius	potuit citius
praefatu	profatu	sede	saede
nichilominus	nihilominus	nequis	ne quis
preputio	praeputio	decoepere	decepere
incesti	incaesti		

Ausgabe genommen, durch sein eigenes Eingeständniss in den
Anmerkungen zum Ludus in der Ausgabe der Werke des
Seneca, die durch Erasmus um 1529 bei Froben in Basel
herausgegeben ward. Da sagt nemlich (S. 670) Rhenanus: in
aeditione Romana, quam nos primum secuti sunt (!).

Bevor ich die Basler Ausgabe von 1529 bespreche, habe
ich noch zu erwähnen, dass unmittelbar nach dem Erscheinen
der ersten Auflage des Ludus um 1515 in demselben Jahre
ein zweiter Abdruck erschien. Der eingeänderte Titel des bei
Froben in Basel erschienenen Büchleins lautet: Johannes
Frobenius Lectori: Habeo iterum Morias Encomium pro
castigatissimo castigatius una cum Listrii commentariis et aliis
complusculis libellis, non minus eruditis quam festiuis, quorum
catalogum proxima mox indicabit pagella. Bene vale. Sodann
folgt der Ludus, Synesius de laudibus Caluitii, Erasmus
Encomion Moriae, und dessen Epistola apologetica ad Martinum
Dorpium Theologum. Diese Ausgabe unterscheidet sich von
der ersten — wie mir scheint — nur durch die Ueberschrift
der Dedicationsepistel an Th. Rapp, den sie nicht Badensis
sondern Durlacensis nennt. [1] Ein blosser Abdruck dieser
zweiten Baslerauflage ist die Pariserausgabe, die 1524 unter
folgendem Titel erschien: Moriae Encomium D. Erasmi
Roterodami cum Gerardi Listrii trium linguarum periti commentariis. Premittantur: Ludus L. Annei Senecae de morte
Claudii cum Scholiis B. Rhenani. Synesius Cyrenensis de
laudibus Caluitii. Adduntur: Martini Dorpii Theolog. ad Erasmum Epistola. Et Erasmi ad laudem responsio apologetica.
Impressa rursus Lutetie Parisiorum apud Badium. Das
Schlussblatt aber (p. CXX.) hat die Worte Lutetiae in Aedibus
Jodoci Badii octavo Calend. Julias An. MDXXIIII. Dass es
ein Abdruck der zweiten Froben'schen ist, geht aus der
Dedicationsüberschrift ,Durlacensi' hervor. Die wichtigste, auch
für die Texteskritik des ,Ludus' brauchbarste Edition ist
die, welche eine mittlerweile in Weissenburg aufgefundene

---

[1] Fabricius Bibliotheca latina ed. Ernesti nennt (II 109) auch eine Basler-
ausgabe von 1519 in 4⁰ und eine Separatausgabe von 1521 in 8⁰. Beide
konnte ich nicht einsehen. — Die Benützung auch der seltensten Drucke
verdanke ich der unermüdlichen und aufopfernden Gefälligkeit des Herrn
Dr. Alfred Goeldlin von Tiefenau.

Handschrift [1] des Ludus in ihren Varianten bespricht, und sich
in der Senecaausgabe des Erasmus von 1529 vorfindet. [2] In
artiger Weise führt Rhenanus seine ‚Annotationes‘ ein. ‚Wenige
Eltern‘, sagt er zum Leser, ‚lieben ihre Kinder in gleichem
Maasse, als die Schriftsteller die Denkmale ihres Geistes.‘ Desshalb hat er sich auch, — obgleich er nicht der Autor des vorliegenden Schriftchens sei, sondern es nur einst durch Scholien
interpretirt habe, — vorgenommen, dasselbe in seinen Schutz
zu nehmen, auszuschmücken und von Fehlern zu befreien.
Immer wünschte er seit jener ersten Ausgabe, es möchte ihm
eine Handschrift zugänglich werden, um die Collation vornehmen
zu können. Spät genug hat er dies erlangt, erst als diese
Ausgabe des Ludus beinahe fertig war. —

Aber auch diese (Weissenburger) Handschrift, die ihm
nun zukam, erwies sich als keine allzu grosse Hilfe. Denn
die Schrift ist geradezu elend, vielfach ist der Text durch Interpolationen verdorben, die griechischen Citate sind oft nur aus
Buchstabenüberresten zu ahnen. Es bereitet dem Rhenanus die
grösste Mühe, diese Spuren der für das Verständniss des Autors
so wichtigen griechischen Citate zu deuten. Weil er Einige
als homerische Citate erkannte, studirt er den ganzen Homer
durch (perlegi totum Homeri poema). Dabei macht ihm die
lateinische, von Fehlern strotzende Schreibung der griechischen
Citate unsägliche Mühe. Da steht z. B. um nur einen Fall auf-
zuführen, einmal: Nam et siphormea graece nescit ego scio!
Rhenanus entdeckt unter dieser unsinnigen Verhüllung den
griechischen Text, der in lateinischen Buchstaben völlig ver-

---

[1] Ruhkopf L. A. Senecae Opera omnia (Band IV. S. XVI) giebt an, man
   wisse nicht, wo sich der Weissenburger Codex gegenwärtig befinde.

[2] Die Bemerkung Ruhkopf's (l. c.): in germania hunc ludum non repertum
   primum in lucem emersisse ist in ihrem ersten Theile falsch, denn es
   steht ihr die ausdrückliche Aeusserung des Sylvanus (im Epiloge) entgegen: qualem hunc mecum e Germania Ludum attuli. Ruhkopf, der die
   Editio Romana nicht sah, begeht auch den Fehler, die theilweise von
   dieser abweichende erste Ausgabe durch Rhenanus mit ihr identisch zu
   setzen. Er bemerkt übrigens (p. XVII), dass die griechischen Lesearten
   in allen Ausgaben jämmerlich seien. Auch in der ersten Ausgabe der
   Werke des J. Pikus von Mirandula 1498 Fol. ist für alle grösseren
   griechischen Stellen ein leerer Raum gelassen, vgl. Geiger Reuchlin
   S. 167. n. 3.

derbt und versteckt wird, und emendirt: Nam τῆς ὀργῆς aegre senescit ἡ νόσος. Aus unvollkommenen Bemerkungen, aus Spuren des Textes müht er sich diesen herzustellen, vielfach hindern die Lücken des Manuscriptes jede Conjectur. [1] Die Einschiebungen gelehrter Männer machen ihm viel Kopfzerbrechen, er ist häufig geneigt, dieselben als Verunstaltungen auszuscheiden. Genau giebt er alle Stellen an, welche im Weissenburger Codex fehlen, auf neun Folioseiten (bis S. 672) giebt er dessen Varianten, und freut sich, dass er in so kurzer Zeit (in temporis angustia) freilich mit grosser Mühe die Ausgabe doch in besserer Form und mit mehr Noten versehen habe erscheinen lassen. [2] Was nun die Scholien betrifft, so sind sie vorwiegend dem Tacitus und Sueton entnommen, wie es ja auch spätere Herausgeber mit ihren historischen Noten nicht anders hielten. Ueberhaupt zeigt Rhenanus schon um 1515 weitere Kenntnisse der klassischen Literatur, Livius, wie Plautus werden ausser den oben genannten citirt. In den Noten von 1529 treten auch Tertullian ‚omnis antiquitatis peritissimus‘ und die Vita Magni Basilii hinzu. Per parenthesin mag erwähnt sein, dass es Rhenanus in den Noten von 1529 nicht lassen kann, seine Inschrift auf den Munatius Plancus (670) mitzutheilen. Die Scholien behandeln nicht bloss Historisches, sondern auch Geographisches und Mythologisches; für Wort-, [3] Sach- und Sinnerklärung ist ziemlich viel gethan. [4] Des Rhenanus Lebhaftigkeit tritt uns auch hier schon entgegen, er apostrophirt z. B. den Seneca mit den Worten: o bester Seneca! — Auf die Pseudohistoriker,

---

[1] Ein Beispiel, wie ihn die Schwierigkeiten in Verlegenheit brachten, giebt er S. 670 b. mit den Worten an: Hunc locum ausim jurare corruptissimum esse. Nam istae dictiones, Ad hoc velle, plane portenta quaedam sunt mendarum. Diu hic laboravi, nec quicquam uenit in mentem quod prorsus probem.

[2] Porro gratulandum est bonis studiis, quod quemadmodum caetera Senece opera maximis Erasmi nostri sudoribus adamussim castigata nunc in lucem prodeunt, sic et hoc opusculum aliquanto factum emendatius et magis quam ante scholiis illustratum una cum illis in publicum exit.

[3] Z. B. Eidus autem per ei diphthongum graecum scriptum est, qua utebantur antiqui in his, quae I extensum habent, Id quod in vetustis inscriptionibus etiamnum visitur.

[4] In der Senecaausgabe des Erasmus begegnen uns in den Scholien unbedeutende Abweichungen, z. B. Anneus statt Annäus, quur statt cur u. s. w.

die ohne Belege schreiben, was sie wollen, ist er nicht gut zu sprechen. Rücksicht auf den Anstand veranlasst ihn, Manches zu verschweigen (significat aliud obscoenius, quam ut libeat exponere), desto lauter verkündet er das Lob des Erasmus, wo er nur kann. [1]

In den Scholien der ersten Ausgabe schon zeigt sich eine bedeutende Literaturkenntniss, er beruft sich ausser auf Livius, Tacitus, Sueton, Plinius, Florus, Cäsar und Homers Ilias und Odyssee auch auf Vergils Georgicon, Horatius (ars poetica), Plautus (Bacchides) Claudian, Quintilian, Gellius, Ovid, Catull, Juvenalis, aber auch auf Strabo, Theophrast, Arrian, Plutarch, Ptolemäus, Euripidas, Polybius, Lukian. Auch fehlt es nicht an reichlichen Excursen über die Geschichte der griechischen Philosophie über Plato nicht allein, sondern auch über Anaximander, Anaximenes, Anaxagoras, Heraklit, Thales (a. 3) Demokrit, Epikur, Pythagoras, Aristoteles, die Stoiker. Die Frage über die Urmaterie und die Seele werden da in ähnlicher Weise behandelt, wie es Picus von Mirandula gethan hat.

Encomium Caluicie.

An diese Schrift schliesst sich das Encomium Caluicii Synesii Cyrenensis an. Sie wird eingeführt durch ein Dedicationsschreiben des Beatus Rhenanus an ·den Pfarrer von Schlettstadt Martinus Ergerinus. [2] Aus Italien ist ihm — so sagt Rhenanus — die Abschrift dieses Büchleins zugekommen. Sein Lehrer Kuno habe es daselbst aus einem alten, nicht hinlänglich castigirten Manuscript abgeschrieben. Wenngleich er nun das Büchlein selbst verstümmelt und zerrissen gefunden habe, so sei es doch von ihm in die Oeffentlichkeit gebracht worden, um die Lernbegierigen (studiosos) nicht länger eines so eleganten Werkchens zu berauben. Dennoch verschob er den Druck, in der Hoffnung ein griechisches Exemplar oder doch mindestens ein weniger fehlerhaftes auf-

---

[1] Quem equidem ut praeceptorem et veneror et suspicio. Illic enim praeter eruditionem, quae huic nusquam deest.

[2] Humanissimus nennt ihn Rhenanus in der Dedication und sagt von ihm cum enim adeo comatus sis, ut Myconius (!) videri possis.

zutreiben. Wäre ihm ein solches zugekommen, so würde er
es entweder selbst übersetzt oder doch die Uebersetzung des
Engländers Johannes Phrea (Free) welche durch die Sorglosigkeit der Abschreiber verdorben und verstümmelt worden sei,
durch sorgfältige Prüfung verbessert haben. So kann er nichts
anders thun, als jene Translation mit einigen Noten herausgeben. — Am Schlusse der Vorrede beklagt er sich über den
Wandel der Zeiten. Im Gegensatze zu dem auch für den Gelehrten und Ernsten würdigen Scherze der Alten, werden wir
oft lächerlich, wenn wir Ernsthaftes beschreiben. Witzig sind
wir nicht. Wollen wir einmal scherzen, so ist es, wie wenn
ein Kameel tanzen wolle. Und wir führen dann entweder
Obscönes vor, wie die unartigen Facetien des Poggio, oder
Dummes. [1] — Auf diese Dedicationsepistel folgt ein biogra-
phisches Citat aus Suidas über Synesius (griech. und latein.),
sodann die Vorrede des J. Free und die Uebersetzung sammt
den Scholien. In den letzteren zeigt Rhenanus seine grosse
Belesenheit, es wimmelt von Citaten aus Homer, (Ilias und
Odyssee) Hesiod, Philostratus (Heroica, Icones), Plutarch, Lu-
cian (Amores), Plato (Euthydemos, Phädrus, Gorgias, Symposion,
die Bücher vom Staate), Herodot, Hieronymus, Damis Assyrius,
Maximus Aegiensis, Moeragenes, Theophrast, Pausanias, Suidas,
Aristoteles, Gregor v. Nazianz (Oratio contra Maximum Cyni-
cum), Johannes Damascenus, Ammianus, Maximus Tyrius,
Ovidius. Dazu kommen Citate aus Laurentius Valla (Iliasüber-
setzung, elegantissime vertit schreibt er über ihn) und Erasmus
Chiliaden. Den griechischen Texten werden Uebersetzungen
beigefügt. Die Scholien sind meist geschichtlichen Inhalts, sie
handeln aber auch von Poesie, Philosophie und Malerei, ergehen
sich in kirchengeschichtlichen Excursen über Hierocles, Phila-
lethus und Eusebius von Cäsarea, und bringen auch einmal
ein ergötzliches Urtheil über die Kometen, welche Pest, Krieg
und Fürstenmord verkünden. (g. 2.) — Der Ausgabe des Laus
Caluicii wird man keine andere Tendenz zuschreiben dürfen,
als die, wieder einmal ein witziges Denkmal des Alterthums
in die Oeffentlichkeit zu bringen, für die Beurtheilung der

---

[1] Die Vorrede ist datirt: Basileae, Pridie Calendas Aprilis MDXV.

kritischen Thätigkeit des Rhenanus bietet diese Publication einer Uebersetzung nichts.

Die Editionsthätigkeit von 1518—1521.

1518 (im Juni) erschien zu Strassburg bei Schurer die Ausgabe des Quintus Curtius. Auf dem reich mit Wappen und drei Abbildungen des Kaiser Maximilian verzierten Titelblatte stehen die Worte: ΤΟῦ ΓᾺΡ ΚΡΆΤΟΣ ῎ΕΣΤΙ ΜΈΓΙΣΤΟΝ, dann: QUINTVS CVRTIVS DE REBVS GESTIS ALEXAN-DRI MAGNI RE-GIS MACE-DONVM. Cum Annotationibus Des. Erasmi Roterodami. Ganz unten finden sich die eingerahmten Worte: IMPER. CÆS. MAXIMILIANO-P. F. AVG- PATRI PATRIÆ LIBER‖TATISQVE ADSERTORI-BEAT-RHENA-NVS-F. C. Auf der zweiten Seite des Titelblattes beginnt die Widmungsepistel des Erasmus an Ernst von Baiern, sodann folgt das Inhaltsverzeichniss und der Text vom III. Buche an. Eine eigentliche Thätigkeit des Rhenanus ist hier nicht nachweisbar, ich constatire nur die Thatsache, dass Rhenanus auf dem Titelblatte genannt wird.

Wie es scheint zuerst durch Kuno, später aber durch Erasmus ward Rhenanus auf die platonische Philosophie aufmerksam gemacht, aus dieser Beschäftigung wol ging die um 1519 erschienene Ausgabe des Maximus Tyrius hervor. Auf dem eingerahmten Titel, der in der Höhe ein sehr naives Bild der Hermannsschlacht, an den Seiten einige allegorische Figuren zeigt, stehen die Worte: MAXIMI TYRII PHILO-SOPHI PLATONICI SER‖MONES È GRAE‖CA IN LATI-NAM LINGVAM VER‖SI COSMO PAC‖CIO INTER‖PRETE. apud Inclytam Basileam. Darunter eine Scene mit allegorischen Figuren (Suspicio, Calumnia, Invidia, Fraus, Insidiae etc.) unter der Ueberschrift: Apelles olim Hujusmodi pictura Calumniam ultus est. Auf der Rückseite des Titelblattes folgt ein Brief des Petrus Paccius an die gelehrte Welt, in dem dieser Bruder des Cosmus nach dessen Tode das Buch der Literatur anempfiehlt. Hieran schliesst sich S. 3 die Dedicationsepistel des Beatus Rhenanus an Johannes Grolierius aus Lyon, Sekretär des Königs von Frankreich und erstem Quästor Insubriens.

Rhenanus geht in ihr von der Nützlichkeit der öffentlichen
Declamation (Redeübung oder Vortrag) aus, die gewissermassen
dem lydischen Steine vergleichbar sei. Denn so oft wir vor
der Menge sprechen, erfahren wir leicht, ob ein Einfall glücklich, ob die Anordnung kunstvoll gerathen sei, aus den Mienen
der Zuhörer lässt sich entnehmen, ob man uns das weisse
oder das schwarze Steinchen zuwerfen werde. Mit einem Worte,
die Zuhörerschaft vermehrt die Sorgfalt und schärft unseren
Fleiss durch die Befürchtung, wir möchten statt des Lobes
Tadel, statt des Ruhmes Schande davontragen. Möchte doch
statt der zankreichen Disputationen, von denen nun überall die
Gymnasien ertönen, lieber wieder die alte. Gewohnheit der
Declamation eingeführt werden! Eine Spur davon findet sich
noch in Paris, wo die Theologen an festgesetzten Tagen in
der Dominicuskirche (apud diui Dominici) Reden halten so
elegant, dass sie aus Athen und Rom — dessen Absenker zu
sein sich Paris rühmt — diese Sitte übernommen zu haben
scheinen. Auch die alten Philosophen schreckten davor nicht
zurück, denn was sind die Bücher des Apulejus anders, als
zu Carthago gehaltene Vorträge. Und dieser unser Tyrius
scheint seine Vorträge nicht so sehr in fortfliessender Rede
geschrieben, als vielmehr gesprochen zu haben und zwar nicht
vor einer zusammengelaufenen Menge, als vielmehr vor Gelehrten und Freunden. Dass sich aber der römische Senator
vor Römern der griechischen Sprache bedient habe, kann Nie-
mandem auffallen, jeder Gelehrte verstand ja damals griechisch,
ein guter Theil Italiens bediente sich nicht blos der griechischen
Sprache, sondern ward sogar Grossgriechenland genannt. —
In Hinsicht der Vorzüge seines Autors verweist Rhenanus auf
die Praefation des Paccius (S. 5), ‚felicissimi scriptoris felicissi-
mus interpres‘, und setzt ihn — wie er sagt — als der Erste
unter die platonischen Philosophen, sowol seines Urtheils als
seines glänzenden Stiles wegen. Die höchsten Fragen behandelt er nemlich nach der Sitte der Redner, so dass er den
Ernst der Philosophie durch eine gewisse poetische Feierlich-
keit mässigt und darauf zur platonischen Philosophie, wie zu
einem Orakel flüchtet. — Er ergeht sich dann in Betrachtungen
über die platonische Lehre der Gütergemeinschaft, den platonischen Staat und die Aehnlichkeit der platonischen Ethik mit

der christlichen Moral [1] — insoweit die menschliche und heidnische Lehre etwas mit der himmlischen gemein haben könne. ,Denn was ist christlicher, als die zugefügte Unbill nicht zu rächen? Und lehrt dies nicht Plato? Ueber diese Sache enthält Tyrius eine Rede, so heilig, so fromm, so christlich, dass ich hoffe, wenn sie dem Volke eingeprägt würde, einmal den sinnlosen Kriegen, mit denen wir Christen uns bekriegen, ein Ende gemacht würde. Aber wir schreiben weder die Apologie, noch das Lob des Plato, den Tyrius hinlänglich vertheidigt, und hinlänglich empfiehlt.' —

Dem Grolierius hat Rhenanus die Uebersetzung des Cosmo Paccio gewidmet, als einem Patron der Wissenschaft. Er nennt ihn einen so berühmten Mann, dass es keinen aus der Schaar der Gelehrten gäbe, der nicht seinen Namen wie einen geheiligten verehren würde. Nicht erst durch F. Caluus habe er ihn kennen gelernt, sondern schon lange früher gekannt und nicht bloss gekannt, sondern auch geliebt. [2] — Fragen wir uns, welchen Antheil Rhenanus an dieser Edition gehabt, so geben uns zwei Bemerkungen der Vorrede darüber Aufschluss. Aus der einen lässt sich entnehmen, dass dem Rhenanus die Uebersetzung des C. Paccius in die Hand ge-

---

[1] Nam hoc in primis agit: ut quid ille philosophorum κορυφαῖς senserit, quo respexerit, quid illum mouerit, paucis explicet, uelut cum principem Poetarum Homerum e sua republica ablegaret, cum item disciplinas reminiscentias esse diceret et in aliis innumeris. Male audit a uulgo philosophorum iam olim Plato, ut qui ridicula quaedam ac nugatoria, moribusque communibus parum commoda praeceperit. At dii boni quid non reprehendere liceat, si sycophantas agere uelimus? Exagitatur quod uxores esse communeis jusserit, quasi non per hoc charitatem inter suos constituere uoluerit, non libidini habenas laxare, nempe uoluit affectus euellere, quibus in praeceps subinde ratio trahitur, dum nostra sic diligimus, ut alienis inuideamus. Praeterea politiam suam absolutae reipublicae formam statuit, a qua cuncti peterent exemplar. An non Christus nouam mundo traditurus legem, perfectissimam praescripsit. Sed procliuius est multis, ista suggillare quam intelligere. Et habet hoc Aristoteles, ut non huius modo philosophi, sed et aliorum assertionibus sinistram accommodet interpretationem. **Praefatio p. 3 und 4.**

[2] Er schliesst die Vorrede mit den Worten: nam nolui hanc impraesentiarum occasionem ineundae abs te beneuolentiae negligere. Bene Vale vir ornatissime et in Platonicis dogmatibus cum Tyrio feliciter philosophare. Basileae pridie Eiduum Januarii etc. **MDXIX.**

kommen,[1] als er bereits Theile des griechischen Textes vor
sich hatte (quod huius Graeca quaedam excerpta haberemus).
Rhenanus las nun die Uebersetzung auf das Genaueste und
prüfte sie (recognouimus). Am Schlusse des Vorwortes aber
bittet er den Grolierius den Maximus Tyrius ‚a me utcunque
recognitum‘ annehmen zu wollen. Scholien und Noten hat er
nicht beigefügt, etwaige Abweichungen von der Uebersetzung
des Paccius konnte ich nicht feststellen, dürften auch wohl
kaum vorkommen, da auf sie sonst gewiss schon in der Vorrede hingedeutet worden wäre.

In demselben Jahre (1519) gab er auch bei Froben ein
Werk des Erasmus unter dem Titel: Familiarium Collo-
quiorum formulae. Et alia quedam per Desiderium Erasmum
Roterodamum heraus.[2] Die Dedicationsepistel des Rhenanus
ist an Nicolaus und Crato Stalberger die Söhne des Nicolaus
St. Bürgermeister von Frankfurt a. M. gerichtet (dat. Basel
10. Calendas Decembreis An. MDXVIII.) und für den Schreiber
charakteristisch. Der glühende Eifer der beiden jungen Leute
nicht bloss für die lateinische Sprache, sondern auch für das
Griechische hat ihn zu dieser Ausgabe veranlasst. Der Charakter
des Rhenanus tritt hier sehr gut zu Tage. Feine Erudition mit
den besten d. i. mit christlichen Sitten verbunden, scheint ihm
das beste Lebensziel. Was nun den Inhalt des Büchleins betrifft, so wurde es dem Rhenanus nur durch die Mühewaltung
eines gelehrten Jünglings des Lüttichers Lambert Hollonius
möglich, diese nicht sehr behutsam gesammelten Unterredungs-
formeln für die Jugend zur Herausgabe zu gewinnen, die
Erasmus vor beiläufig zwanzig Jahren für den Augustiner
Caminadus, der zu Seeland einigen Knaben Unterricht gab,
während seines Pariser Aufenthaltes zusammenschrieb. Um
diesen Schatz zugänglich zu machen, damit er nicht von einem
zu wachsamen Drachen, wie das goldene Vliess gehütet werde
— Caminadus selbst hatte das Büchlein mehrmals verkauft —
giebt ihn nun Rhenanus heraus. Die Form selbst schien ja

---

[1] Uebrigens hat auch Reuchlin einen Sermon dieses Platonikers übersetzt.
Vgl. darüber L. Geiger Joh. Reuchlin S. 94.

[2] Mir liegt die Ausgabe der Wiener Hofbibliothek vor, auf deren Schlussblatt die Worte stehen: Viennae Pannoniae apud Joannem Singrenium
Mense Aprilis Anno 1520.

schon von grossem Gewinn — überall zeigt das Schriftchen den
Erasmus als Vater. [1] Das Exemplar des Hollonius war an einigen
Orten schadhaft, natürlich konnte da Rhenanus seinem Emen-
dationstrieb nicht widerstehen. [2]

1520 erschien bei Froben in Basel ein Buch, auf dessen
gerändertem und mit Scenen aus der Geschichte des Mutius
Scaevola geschmücktem Titelblatte Johannes Frobenius sich an
die Freunde der Wissenschaft wendet und sie zum Ankaufe
der vorliegenden Panegyriker einladet. Seine Absicht, sagt
er dabei sei, die Sache der Wissenschaft durch Herausgabe
alter Autoren zu fördern, desshalb lasse er nun so viele Panegyriker erscheinen, als ihm zu erhalten möglich gewesen wäre.
Bei dem Drucke habe er sich grösstentheils an die Handschrift
des Rhenanus gehalten, welche ihm dieser nach seiner Gewohnheit mit Anmerkungen versah und freundlich übermittelte,
nichts verweigernd, was den Lernbegierigen von Nutzen sein
könnte. Die Inhaltsangabe des Buches, die auf der Rückseite
des Titelblattes folgt, straft übrigens die Worte des Frobenius
Lügen, denn neben den alten Panegyrikern begegnen uns auch
vier zeitgenössische. Neben dem Panegyrikus des jüngeren
Plinius an Trajan, dem für Maximian und Constantinus, dem
für Theodosius, dem für Constantin, dem P. des Mamertinus
tür Julianus, des Nazarius für Constantinus, dem Panegyrikus
Heduorum nomine Constantino Augusto, dem Panegyrikus Constantino Aug., dem Panegyrikus Maximiano Aug. dictus, der
Oratio des Eumenes pro scholis Cliviensibus instaurandis, dem
Panegyrikus Maximiano Aug. dictus a Mamertino, dem Ge-
nethliacus Mamertini Maximiano Aug. dictus, dem Panegyrikus
Ausonii, quogratias egit Gratiano Aug. finden wir hier auch
den Panegyrikus des Hermolaus Barbarus über Kais. Friedrich und Maximilian, den Panegyrikus des Erasmus an Philipp
von Burgund bei seiner Rückkehr aus Spanien, den P. des
Pandulph Collenutius an Maximilian, den P. des Georgius

---

[1] Sowol stili candore facilitate et argutia, nihil poenitendum nihil triuiale
continet, sed ex optimis dumtaxat autoribus decerptos elegantiarum
flosculos.

[2] Zum Schlusse der Dedicationsepistel lässt er den Lehrer der jungen
Leute Wilhelm Nesen (uiro non minus integro quam erudito) grüssen,
der in Zwingli's Correspondenz uns so oft begegnet.

Sauromannus de laudibus Maximiliani Aug. Carolo et Ferdinando.
In der auf a 2 folgenden Epistel des Beatus Rhenanus an
Lucas Bathodius, [1] dem er die Ausgabe widmet, ergänzt er
die Angaben des Froben, erzählt, wie der Letztere ihm die
nur für den Handgebrauch bestimmte Abschrift zur Druck-
legung herausgewunden (extorsit) und giebt Aufschlüsse über
die Weise, in der er den Text behandelt. Manches habe er
verbessert, aber dabei freilich nur seinem Urtheile folgen können,
da ihm leider keine alte Handschrift vorlag. Sehr wohl er-
kennet er die Bedeutung einer solchen, ohne sie — vorausgesetzt, dass sie nicht gänzlich verdorben ist — giebt es keine
glückliche Verbesserung (quae enim felix castigatio absque
codice uetusto, qui tamen non omnino sit deprauatus!). Dennoch habe er das Werk herauszugeben gewagt, da es eine Be-
reicherung und Ergänzung unseres historischen Wissens über
die späteren römischen Kaiser biete. Wenn man des Eumenius
Rede liest, so wird man daraus erfahren, dass es damals weder
an Schriftstellern noch an Rednern gefehlt habe, da es auch
an der Freigebigkeit der Fürsten nicht mangelte. Nun ist es
hierin anders geworden! — Auch über die Anfügung der
gleichzeitigen Panegyriker erklärt sich Rhenanus. Er war es,
der Froben diesen Rath gab, nicht bloss desshalb, weil sie
ihm als die Würdigsten erschienen, mit den Alten verbunden
auf die Nachwelt überliefert zu werden. Viele Bücher habe
er schon durch eine solche Vereinigung gerettet gesehen, die
im anderen Falle zu Grunde gegangen wären. [2] —

Mit einer sehr werthvollen Gabe überraschte Rhenanus
im folgenden Jahre die gelehrte Welt, nemlich mit der Herausgabe der Werke des berühmten Septimius Tertullianus.

---

[1] Rhenanus lobt den Bathodius sehr als einen Mann, den seiner Liebens-
würdigkeit wegen alle Gelehrte verehren. ,Denn wo giebt es Einen‘ ruft
er aus, ,in der grossen Stadt Strassburg, welcher die im dürftigen Zu-
stande ankommenden Studenten leutseliger behandelt, freundlicher in sein
Haus einlädt, geschäftiger hervorzieht (officiosius producat)?‘ Expertus
loquar. (!)

[2] Datum der Präfatio: Selestadii Idibus Decembribus AN. MDXX. Datum
der Ausgabe Basileae per Jo. Frobenium Men. XBRI. An. MDXX.

Die Tertullian-Ausgabe.

Diese Ausgabe erschien bei Froben in Basel 1521 in Folio und führte auf dem eingerahmten mit allegorischen Figuren gezierten Titelblatte die Aufschrift: O P E R A SEPTIMII FLORENTIS TERTVLliani inter Latinos ecclesiae scriptores primi, sine quorum lectione nullum diem intermittebat olim diuus Cyprianus per Beatum Rhenanum Seletstadiensem e tenebris eruta atque a situ pro uirili uindicata, adiectis singulorum librorum argumentis et alicubi coniecturis, quibus vetustissimus autor nonnihil illustratur. Quorum catalogum proxima pagina reperies. Ein neuer Absatz bringt dann die folgende biographische Bemerkung: Floruit sub Caess. Seuero Pertinace et Antonino Caracalla, ualde uicinus Apostolorum temporibus, circa annū a Christo passo CLX. Quare boni cōsulenda sunt, huius scripta, si alicubi uarient a receptis horum temporum dogmatis, cum omneis synodos antecesserit, Apostolicis illis exceptis, quarum in Actis Lucas commeminit.

Gaude lector et hunc tibi rarum ac nouum thesaurum para ac Vale. Auf der Rückseite des Titelblattes folgt die Angabe jener Werke Tertullians, die Rhenanus abdrucken liess, der Letztere unterlässt es nicht jene Werke ausdrücklich hervorzuheben, die der h. Hieronymus citirt, z. B. das Buch adversus Praxeam oder das de Monogamia. Zu dem Buche de Patientia macht er die Bemerkung: Hunc librum aemulatus est diuus Cyprianus, cum librum scriberet: De bono patientiae. Hierauf folgt die Dedicationsepistel an den rühmlichst bekannten Mäcenas der Wissenschaft in den südöstlichen Gegenden Deutschlands, an den humanistisch gesinnten Olmützer Bischof Stanislaus Turzo. Dieses Schreiben ist in mehr als einer Hinsicht beachtenswert, vor Allem werden darin mit erfreulicher Klarheit und Wärme die geistige Signatur der Zeit, und die Arbeitstheilung der Gelehrten geschildert, wie denn auch Rhenanus es als Verpflichtung der Letzteren hinstellt, in solcher Epoche rührig zu sein. In diesem goldenen Zeitalter der wiedererstehenden Wissenschaften (renascentium literarum) — meint Rhenanus — in dem nicht bloss hie und da die drei berühmten Sprachen gelehrt werden, in dem jeder sich nach seiner Kraft bemüht, die schönen Studien zu fördern: der Eine durch Ueber-

setzung aus dem Griechischen in's Latein, der Andere durch
Ausbesserung des ungelehrt und unrichtig Uebersetzten, (alius
indocte et perperam uersa castigat aut élimat) oder durch
Wiederherstellung verdorbener und Erklärung dunkler Texte
— in einem solchen Zeitalter will auch er nicht ganz ohne
Beitrag (prorsus . . assymbolus) bleiben. Er hielt es desshalb
für der Mühe werth, die Arbeiten des Tertullian herauszugeben,
die Arbeiten jenes nicht bloss alten, sondern auch ausgezeichneten Schriftstellers, den die Forscher schon seit so vielen
Jahrhunderten entbehrten. Der Zufall führte ihn zur Entdeckung
der Handschrift. Als er nemlich (um 1520) den von einem
Besuche der Schlettstädtersodalität heimkehrenden Zasius (illum
ciuilis prudentiae et optimarum literarum antistitem) nach Colmar
begleitete und daselbst den dortigen Dechant Jakob Zimmer-
mann, einen grossen Gönner der schönen Studien besuchte,
fand er in dessen reicher Bibliothek eine alte Handschrift, die
Werke des Tertullian enthielt. Diese Handschrift hatte Zimmer-
mann eben aus dem Kloster Peterlingen mitgebracht und über-
liess sie nach der Sitte der Zeit bereitwilligst dem Rhenanus,
da er dessen lebhaftes Interesse an der Handschrift sah. Bald
darauf erhielt Rhenanus durch die Vermittlung von Thomas Rapp
und Nicolaus Basellius von dem Abte von Hirschau die daselbst
befindlichen Werke des Tertullian zu leihweiser Benützung,
eine Gefälligkeit, die ihn mit der lebhaftesten Freude erfüllte.
(quos . . accepi non minori gaudio, quam si gemmas mihi
misisset. Clamabam statim ὦ τῆς εὐδαιμονίας felicem me putans,
cui tantus thesaurus obtigisset.) Da nun gerade Froben's Pressen
stille standen, so liess Rhenanus sogleich den Druck des Tertullian beginnen, da er bei längerem Säumen befürchten musste,
dass ein anderes Werk die Pressen beschäftigen, die Zeit aber,
für die ihm der Codex geliehen ward, verstreichen könne.

Wären es nicht diese Rücksichten gewesen, die zur Eile
trieben, so wäre Tertullian nicht von Rhenanus herausgegeben
worden. Denn bei hinlänglicher Musse — sagt er selbst —
würde er die zahlreichen Mängel der Handschriften entdeckt
haben und von der Edition abgestanden sein. In der Hoffnung,
dass die Peterlinger Handschrift der Hirschauer zu Hülfe
kommen werde, wurde Rhenanus arg getäuscht, denn überall
fanden sich dieselben Fehler, als ob die Eine von der Anderen

abgeschrieben worden wäre. So war dann freilich die Ausgabe nicht leicht zu veranstalten und man glaubt es gerne, dass dem Rhenanus die Arbeit sehr sauer geworden. Doch tröstete er sich mit dem Bewusstsein, mit der Ausgabe dieser Werke den guten Studien einen Dienst erwiesen zu haben und mit der Freude, den ältesten Kirchenschriftsteller (qui primus e Christianis apud Latinos rem euangelicam a temeritate haereticorum studuit asserere) publiciren zu können. Er unternimmt es zugleich Tertullian gegen den Vorwurf der Ketzerei zu vertheidigen, wie ihm dieser von einigen neueren Orthodoxen gemacht wurde (nam tametsi quasdam opiniones interdum secutus est, quae hodie prorsus sunt a orthodoxis damnatae) war ja doch Tertullian ein Vorgänger aller Concilien, auf denen über viele Dinge Bestimmungen getroffen wurden, über welche die Alten einst anders dachten. [1] Die alten Theologen verdienten ja auch mehr den Namen von Philosophen, als von Theologen. Die Rücksicht auf die modernen Gottesgelehrten war es aber hauptsächlich, die ihn zur Herausgabe dieses Werkes bewog, deren Pflicht es ist, nicht bloss die Handbücher (summulas) der Neueren zu verschlingen (deuorare), sondern vor Allem die alten Schriften, z. B. den ausgezeichneten uralten Tertullian gründlich zu studiren. Er rühmt die mannigfache Begabung [2] dieses begeisterten Vorkämpfers der orthodoxen Lehre gegen die Ketzer und geht die einzelnen Werke hinsichtlich ihrer Bedeutung durch. Alles Lob spendet er da vornehmlich den Büchern gegen Marcio, ihrer Gelehrsamkeit und Schärfe wegen, durch die des Marcio offenbare Sinnlosigkeit und Tertullian's Liebe zum Christenthum auch der späten Nachwelt überliefert worden ist. In allen Schriften aber — und diess zieht ihn eben an Tertullian so an — in allen Schriften findet Rhenanus die Mahnung, unser Christen-

---

[1] ‚itaque, fährt er fort, boni consulenda et in meliorem interpretanda partem, quae apud hunc legerentur non apertis conciliorum sanctionibus aut illustrium doctorum scriptis damnata.‘

[2] Er nennt Tertullian omnium disciplinarum exacte peritus et in arcanis literis nulli secundus. Philosophiam calluit egregie, disputandi rationem summum tenuit, in rhetoricis exercitatissimus, in omni antiquitatis et gentilium literarum cognitione consummatissimus, quam ei laudem Eusebii ecclesiastica historia tribuit.

thum nicht allein in Worten, sondern auch in Werken zum Ausdrucke zu bringen. Wenn er noch die Bedeutung des Apologeticus erwägt, so meint er wohl sagen zu dürfen, die Publication solcher Werke sei der Mittheilung eines Schatzes vergleichbar. Auch jene Stellen, welche man für ketzerisch erklärt hat, ändern an diesem Ausspruche nichts, es sei thöricht, den Autor desshalb unterdrücken zu wollen, denn welches Verderben des christlichen Sinnes drohe doch von gewissen obscönen Büchern der Heiden und man lese sie dennoch. — Uebrigens hat Rhenanus für die Orthodoxie seiner Leser ängstlich gesorgt; Argumente und Noten, ja eigene Definitionen von Dogmen sollen ihnen stets vorhalten, was von den strenggläubigen Kirchenvätern auf den verschiedenen Synoden beschlossen worden sei. Sogleich fügt er aber zur Empfehlung Tertullian's die Angabe bei, dass ihn Cyprian seinen Lehrer genannt habe und keinen Tag verstreichen liess, an dem er nicht in seinen Werken gelesen. — Zum Schlusse der Vorrede beklagt es Rhenanus noch bitter, dass ihm ein so verdorbener Text vorgelegen und dass er die Handschriften, die sich zu Gorze, Fulda und Rom befänden, nicht habe einsehen können; vielleicht aber meint er, wären auch diese nicht fehlerfreier, als die zwei von ihm Benutzten, die aus verschiedenen Bibliotheken genommen und in verschiedener Zeit geschrieben, doch beharrlich mit einander übereinstimmten. Die Schuld des Verderbens der Handschriften führt er auf die lange Vergessenheit Tertullians und dessen ‚afrikanischen und affectirten Dialect' zurück und bittet schliesslich seinen Gönner Stanislaus Turzo [1] den gleichsam aus der Unterwelt an's Licht emporgegangenen Tertullian zu lesen und zu protegiren.

Eine kurze Biographie des Tertullian schliesst sich an diese Dedicationsepistel an, meist dem Catalogus Scriptorum ecclesiasticorum des Hieronymus entnommen; ausser den be-

---

[1] Die Dedicationsepistel ist datirt: Basileae Calendis Juliis MDXXI. und enthält die reichlichsten Lobsprüche auf den Olmützer Bischof. Nicht bloss Mähren, sondern ganz Germanien, sagt Rhenanus, bewundern ihn, Ursinus Velius, U. v. Hutten, Joachim Vadianus, Janus Dubrauius stehen in engster Verbindung mit ihm, der König Ludwig von Ungarn begehrt in wichtigen Fällen seinen Rath und beruft ihn zu sich. In seinem Verhältnisse zu den Gelehrten erscheint er dem Rhenanus als ein Mäcenas.

kannten Angaben über den Montanismus des Tertullian und seine Stellung zur Ehe bemerkt ·Rhenanus auch, dass die Nachricht des Regino: Tertullian habe in einer Christenverfolgung den Märtyrertod erlitten, unwahrscheinlich ist, da sie sich bei dem so verlässlichen Hieronymus nicht vorfindet. [1] In einer siebenzehn Folioseiten füllenden Admonitio an den Leser sucht Rhenanus sodann den Letzteren über einige eigenthümliche Anschauungen Tertullian's aufzuklären. Nach einleitenden Bemerkungen über die Art der theologischen Schriftsteller der Pariser Universität im zwölften Jahrhunderte, — er nennt Petrus Lombardus, Peter Abälard, Johannes Belethus — Handbücher (summulas) aus den alten Kirchenvätern zusammenzuflicken (consarcinarent) und über die scholastischen Schulbestimmungen lässt er sich in specielle Untersuchungen über reintheologische Fragen ein, wie über das Verhältniss der Glieder der Trinität, die Benennungen derselben. Dabei macht er darauf aufmerksam, dass häufig den von Tertullian gebrauchten Worten ein ganz anderer Sinn beizulegen sei, als ihnen heutzutage nach dem Sprachgebrauche der Theologenschule zukommt. Ebendesshalb fordert er aufmerksames und vorsichtiges Lesen bei der Lectüre dieses Autors. Im weiteren Verlaufe seiner Bemerkungen hat Rhenanus Gelegenheit kirchengeschichtliche Belege beizubringen, Beschlüsse der Concilien und Synoden werden angeführt, u. A. die Constitutionen der Mainzer Synode, wie er denn überhaupt gerne Actenstücke mittheilt und öfter auf abseits Liegendes (z. B. die Ethymologie von Strassburg) zu kommen gewohnt ist. Nach langen Ausführungen beruft er sich endlich auf das Buch des Oekolampad ‚de confessione‘, lobt [2] dessen Verfasser ausserordentlich, es ist noch um das Jahr 1523 — und versichert, dass über dieses Capitel Leute aus dem Volke viel gescheitere Ansichten vor-

---

[1] Hieronymus (Catalog) sagt übrigens : ferturque vixisse usque ad decrepitam aetatem.

[2] Rhenanus schreibt damals über Oekolampad : eximius theologus . . . non minor eruditione quam uita prorsus inculpata, de confessione nuper librum aedidit, optimi cuiusque calculo conprobatum quo multis subuenit, quos hactenus superstitiosae quorundam traditiones nimium uexarunt. Excussit autem hanc materiam diligentissime consultis ueterum theologorum monimentis, adiuuandi non innouandi quicquam studio.

gebracht hätten, als Viele, welche durch zehn Jahre beim Studium der ‚summulae‘ gesessen. — Wie die anderen Väter der Kirche soll — dies ist das Ergebniss seiner langen Betrachtungen — bisweilen auch Tertullian gelesen und das Gute aus ihm genommen, das Böse dabei vermieden werden. Nachdem er noch eine Stelle aus Augustinus (liber de haeresibus ad Quoduultdeum) über Tertullian angeführt, schliesst er die Bemerkungen mit den Worten: Seine (Tertullians) Bücher sollen denn auch von uns gelesen werden, doch mit vorsichtigem Urtheil. Denn man muss auf die Kirche, wie auf die Vorschriften der heiligen Väter Rücksicht nehmen.

Mit dem Liber de Patientia beginnt Rhenanus die Edition der Werke Tertullians. Ueberall sind instructive Argumente den Büchern vorausgeschickt, am Rande häufig die Lesarten des Hirschauer Codex und Verbesserungsvorschläge angegeben. Besonders interessant ist das Argument zu dem Werke ‚de praescriptionibus haereticorum.‘ Jeder Leser, der nicht völlig dumm (omnino stupidus) ist, sagt Rhenanus, wird aus diesem Buche die Kenntniss davon gewinnen, wie der Pabst zu jener Gewalt gelangt ist, die er jetzt besitzt. Tertullian rechnet ja die Kirche von Rom zu den apostolischen, macht sie aber nicht zur einzigen apostolischen, er nennt sie als eine der Höchsten, aber nicht als die Höchste. — Daran knüpft Rhenanus die weitere Bemerkung: Wenn Tertullian jetzt leben würde, so könnte er dergleichen nicht ungestraft sagen. Denn welche Tragödien, — der Ausdruck ist erasmisch — sahen wir, während diese Ausgabe vorbereitet wurde, aus einer ähnlichen Ursache entstehen. Die Deutschen weigerten sich nemlich, die Ausplünderung gewisser Leute und andere Unbilden zu ertragen, durch die sie seit Langem gedrückt worden zu sein klagten, weil Jene ‚die Einfalt ihrer Vorfahren missbraucht hätten. Und diese Leute dagegen drohen mit Schwertern und Ruthen, denen es mehr ziemte, zu lehren und mit dem Schwerte des Geistes zu streiten d. i. mit dem Worte Gottes. Denn alle Hoffnung ruht in der christlichen Bescheidenheit und der evangelischen Sanftmuth. — Sonderbar berührt uns bei dem sonst so gemässigten Gelehrten die heftige Aufwallung gegen das jüdische Volk, seltsam vor Allem nach dem Reuchlin'schen Streit. Der arrogante Hochmuth der Juden, schreibt

Rhenanus im Argumente zum Buche : ‚Adversus Judaeos‘, ist
aus den Paulinischen Briefen bekannt. Kein Volk hat jemals
mehr die Andersgläubigen gehasst, keines war hinwiederum
Allen so widerwärtig, keines hat für seinen Hass als gerechten
Lohn so unversöhnlichen Hass davongetragen, als eben das
jüdische. Eben so bemerkenswert erscheint der in mehreren
Argumenten (z. B. in dem zum fünften Buche adversus Marcionem S. 296 und dem zum Buche adversus Hermogenem
S. 337.) zu Tage tretende Aerger über die ‚Philosophen, welche
die Patriarchen der Ketzer seien‘, durch ‚deren Geist jede Irr-
lehre ermuntert werde‘. Vielleicht möchte man auch hier den
Humanisten erkennen, welcher sich an den missverstandenen
Aristoteles als Quelle so vieler Irrthümer erinnerte. Wahr-
scheinlicher noch aber ist es der Gegensatz des entschiedenen
Christen dem philosophirenden Heidenthum gegenüber. Für
diese Auffassung spricht namentlich der Satz : (in Argumente
zum Liber aduersus Valentinianos S. 361) Vide quantum
Christianismo semper nocuerit philosophia. [1] Hier zeigt sich
auch der Gegensatz gegen die italienischen Skeptiker und auf-
geklärten Indifferentisten. — Im Uebrigen findet er das Buch
gegen Hermogenes sehr gelehrt aber leider auch in erstaun-
licher Weise verdorben. Einiges suchte er herzustellen, [2]
er hoffte aber von der Arbeit Späterer noch Vieles. Dem Buche
de corona militis geht eine Reihe von Annotationes voraus
(S. 408—414) zum Zwecke, die Ceremonien zu erklären, deren
sich die ältesten Christen bedienten. Rhenanus thut dies sowol
nach den Angaben Tertullians, als auch anderer alten Quellen.
Dabei zeigt er sich sehr begierig, ausführlich über die christlichen Antiquitäten zu belehren, er verweilt mit sichtlichem

---

[1] Rhenanus macht dabei noch folgende Bemerkungen : Is (Valentinus der
Platoniker) autem tanto facilius potuit, quanto Platoni magis solenne est,
suam philosophiam quibusdam obumbrare figmentis, in cujus ille schola
fuerat uersatus. Itaque naenias excogitauit Platonicis numeris obscuriores
et Silenis Alcibiadeis re ipsa magis ridiculas, non in speciem tantum,
quas suis sectatoribus uelut mera diuinitatis mysteria proponebat. Cupiebat
hic prestigiator purissimae simplicissimaeque religioni Christianae, Plato-
nicas fabulas inuehere. . . Adversus eos hoc agit (Tertullian) uolumine,
peregrinis et coactis nominibus uanitatem suam tegentes.

[2] Er geht hiebei sehr vorsichtig zu Werke und fügt jedem seiner Verbesserungsvorschläge ein fortasse hinzu.

Wolgefallen bei der Betrachtung der alten einfachen Gebräuche
‚utinam redeat' ruft er einmal aus, ‚ad nos ista consuetudo
CHRISTI praecepta frequenter mentibus hominum inculcandi !'
Es scheint ihm auch an der Zeit, sich um die Vergangenheit
des Christenthums einmal ernstlich zu bekümmern, nachdem so
Viele die heidnische Geschichte bis in's Kleinste (ad unguem)
durchstöbern und so davon eingenommen sind, dass sie im
Leben kaum einmal an Christus denken können. Wiederum
also im Gegensatze gegen die unchristlichen Verehrer des
Heidenthums unter den Gelehrten! Ja, wo man es nicht suchen
möchte, mitten unter philologischen Conjecturen, fehlt es nicht
an Hinblicken auf die Zeit und ihre Schattenseiten. Tertullian,
meint Rhenanus, habe es wohl niemals geglaubt, dass Christen
mit Waffen sich bekämpfen würden. Aber zu diesem Wahnsinn
sind wir gekommen. Heutzutage kämpfen nicht blos die Welt-
lichen mit einander, sondern auch die Geistlichen, die Christus
und seine Apostel uns vorstellen sollen. — Das Argument zum
Buche ad Martyras ist kurz und ganz sachlich gehalten, [1] in
gelehrte Excurse lässt sich Rhenanus dagegen in der Einleitung
zum berühmten Buche Tertullians zum Liber de poenitentia
ein. Auch hier zeigt er wieder eine grosse Belesenheit und
stattliche Quellenkenntniss, auch hier sucht er die Gelehrten
auf vergessene Bücher aufmerksam zu machen und zur Er-
forschung der christlichen Alterthümer anzuregen. [2]

---

[1] Fremde Ausdrücke erklärt Rhenanus in einem Anhange zum Argumente
S. 427. z. B. Agonothetes est is, qui certamen instruit praemiis
propositis. Latini Munerariu appellant, oder Xystarches, Epistates,
Scamma u. s. w.

[2] S. 433. Poenitentiariü Theodori imitati sunt Betanus presbyter, Rabanus
et alii ueteres, quorum lucubrationes in simili argumento passim extant
in antiquis bibliothecis : no penitus indignae quae legantur ab iis praesertim
qui sunt curiosi Christianae uetustatis indagatores. Zahlreich sind die
Autoren, auf die er sich beruft, z. B. Theodor Erzbischof von Cambridge,
Theodulf von Orleans, Beda, wie Basilius, Hieronymus, Isidor, Pabst Leo,
Thomas von Aquin, Scotus und — Johannes Geiler grauis ac sanctus
Theologus. Auch an einem anderem Orte (Argument zum Buche aduersus
Marcionem l. III. S. 193) als er von den sog. Milliariern spricht, weiss
er genau, wer von bedeutenden Schriftstellern dazu gehört nemlich:
Lactantius, Victorinus, Seuerus, Irenäus und Apollinaris. Ich bemerke
hiebei noch, dass er den oft citirten Cyprian (p. 458 Argum. zum liber
de habitu muliebri) imitator Tertulliani nennt.

Die Corruption einer Stelle im Buche ad Scapulam veranlasst Rhenanus wieder über den Mangel der Codices von Fulda, Gorze und Rom Klage zu führen. Bei dieser überhasteten Ausgabe habe er dem Leser seine Einfälle (quod mihi in mentem uenit) nicht verhehlen wollen, wenn sie ihm auch nicht genügten. [1] Ein anderes Bedenken drückt ihn im Argumente des Buches de monogamia (S. 507), das Buch — er kann es nicht läugnen — ist ketzerisch, auch Hieronymus hat es ein gegen die Kirche geschriebenes genannt. Das muss er — und dies zeigt seinen kirchlichen Sinn — seinen Lesern gleich hier sagen, damit sie wie durch ein Gegengift geschützt, ohne Schädigung der besseren Ansicht durch dieses Werk hindurchkämen. Auffallend ist es, dass er sich über den Apologeticus, gewiss eine der gehaltvollsten und vorzüglichsten Schriften Tertullians [2], in der auch an Notizen über die Einrichtungen der ältesten christlichen Kirche kein Mangel ist, im Argumente so kurz fasst. —

Ein ganz eigenthümliches Nachwort schliesst die Ausgabe der Werke Tertullian's, ein Nachwort, das beinahe hybrid erscheint. Denn wenn es damit beginnt, ganz kirchlich den Lesern des nun abgeschlossenen Werkes in einer Beigabe von Definitionen der Glaubenssätze ein Gegengift gegen die Irrthümer des Tertullian zu geben, so ist der Schluss direkt gegen die übermässige Entwickelung der Dogmatik in der gegenwärtigen Kirche gerichtet. Er sehnt sich ganz rückhaltslos nach

---

[1] Es fehlt hier nicht an Aeusserungen, die für die Art, wie Rhenanus notirte, recht bezeichnend sind, z. B. S. 497: Possem uariam lectionem ostendere, nisi scirem huiusmodi coniecturas magis inuoluere lectorem quam expedire. Reliquimus autem uerba Graecanica quemadmodu reperimus in exemplari, ut hic etiam alij se exerceant. Oder wenn er im Argum. z. B. de pallio S. 528 sagt: Hic liber tam est corruptus, ut nulla propemodum sententia citra offensam legi queat. Nec quisquam credet hic aliquid a nobis restitutum, nisi qui Hirsaugiensem codicem inspexerit. Ineptum autem censuimus, marginem chartarum coniecturis opplere, in quibus plerunque nihil est certitudinis, Consulantur antiqua exemplaria, quae scimus extare Romae, Fuldae et Gorziae, prope Metensem urbem. Maluissem illorum sequi consilium, qui suam lectionem seorsim annotant, sed non uacabat.

[2] Möhler Patrologie I. 706.

der Einfachheit der Urkirche zurück. Um wie viel leichter, ruft er aus, war einst das Christenthum, als jetzt, noch gab es nicht so viele Gesetze, die jetzt kein Ende nehmen. Damals waren wenige und kurze Regeln, nun sind ihrer viele und gar dunkle. Und spricht in Rhenanus nicht ganz und gar der Humanist und Reformfreund, wenn er in der Klage fortfährt: Wenn Jemand die Dogmen der scholastischen Theologie zählen wollte, welche seit dreihundert Jahren meist mit den Bettelmönchen in die Welt gekommen sind, und die so fruchtbar sind, dass sie sich noch täglich vermehren, wenn diese Jemand zählen wollte, er würde — wie man sagt — die Wellen zählen oder den Sand messen. Und diese Dogmen sehen wir heutzutage durch Strafandrohungen der Fürsten vertheidigt, auf Antreiben Jener, die ihrem Verstande misstrauen.

Von S. 593—615 folgen sodann die obenerwähnten Definitiones, die Lukas Bathodius [1] aus einem alten Strassburger Codex für Rhenanus abgeschrieben. [2] Nach sorgfältiger Prüfung kommt der Letztere zu dem Ergebnisse, dass diese Definitiones zu verschiedenen Zeiten verfasst und hernach von sehr Vielen compilirt worden seien. —

So waren dann in der Ausgabe des Rhenanus — die übrigens ihrer Noten wegen auf den päbstlichen Index gesetzt ward — die inhaltsreichen und beredten Schriften Tertullians zum ersten Male dem deutschen [3] Publikum zugänglich gemacht worden. Freilich fehlen in der Ausgabe einige — und darunter recht bedeutende — Schriften Tertullians. Nicht bloss das Buch ad nationes, dessen Echtheit u. a. Semler bestritt, sondern auch die Bücher de testimonio animae, de baptismo, de anima, Scorpiace, de oratione, de spectaculis, de idololatria, de pudicitia,

---

[1] Non minus bonarum literarum studio, quam inculpatis moribus spectabilis, sagt Rhenanus über ihn. (S. 589.)

[2] Rhenanus bemerkt darüber S. 590: Exemplar uetustum extat Strazburgi in bibliotheca majoris templi: qui uolet, inspiciat, si mihi forte diffidit . . . . . Proinde quoties dubitatum fuerit, exemplaria uetusta consuli debent, quae expedit in bibliothecis asseruari propter falsarios coarguendos.

[3] Oehlers (Tertulliani Opera Hallae 1849) macht die Bemerkung: prima editio, cujus textus ab antiquiore Aldinae non discrepat.

de jejuniis, aduersus Psychicos. Doch trotz alledem — und die Unvollständigkeit erklärt sich aus der ihm vorliegenden mangelhaften Ueberlieferung — war des Rhenanus Ausgabe alles Dankes werth. Gewiss erwarb er sich mit ihr ein nicht genug zu rühmendes Verdienst, um so mehr, als die Bedeutung Tertullians, seine Stellung zur orthodoxen Kirche wie zum Montanismus überall erkannt und beleuchtet ist. Es wird auch wenige Werke geben, aus denen sich der reformfreundliche und doch kirchliche, der kritische und doch ängstliche, kurz der erasmische Sinn des Rhenanus so gut erkennen lassen wird, als in den Anmerkungen zu dieser Ausgabe. Nirgends auch zeigt sich so deutlich der Gegensatz des deutschen Humanisten, der immer christlich bleibt, dem stets das Christenthum das Höchste ist, gegenüber dem italienischen, humanistischen ‚Heidenthum‘, als hier. Aber auch nirgends so der innere Widerspruch jener erasmischen Richtung, die, während sie stets bestrebt ist, sich als rechtgläubig zu manifestiren und jede Gemeinschaft mit der Häresie abzuweisen, selbst zu — in den Augen der alten Kirche — ketzerischen Aeusserungen kommt — kommen muss. Forschung, Kritik und Autoritätsglaube sind in den äussersten Consequenzen eben unvereinbar. —

Die Edition des Tertullianus hatte äusseren Erfolg, schon 1528 konnte Rhenanus eine neue — zweite Ausgabe erscheinen lassen. [1] Bitter beklagt er sich in dieser über die ‚durities und affectatio‘ des tertullianischen Stiles der die ‚obscuritas sermonis‘ verschulde. Für seine Afrikaner möge jener Stil vielleicht gepasst haben, für sie, denen Cicero nicht gefallen hätte. Er gedenkt der ungeheueren Mühe, die er einen Winter hindurch an die Restitutionsversuche dieses dunkeln und verdorbenen

---

[1] Der Titel der Ausgabe von 1528 lautet völlig so, wie der, der ersten Edition, bis Quare boni consulenda und darauf folgen das Froben’sche Wappen und die Worte Basileae an. MDXXVIII. Mense Martio. Auf der Rückseite des Titelblattes findet sich auch hier der Catalog, die Admonitio ad Lectorem kommt erst S. 680 zum Schlusse. Dieser Ausgabe gehört ein Verzeichniss an, das den Titel führt: Loca quaedam ex utroque Testamento sparsim a Tertulliano Diligentius acuratiusque excussa. Auch ein Ausspruch des Vincentius Lirinensis über Tertullian wird angegeben.

Schriftstellers gewendet. [1]   Umsonst habe er begierig den Gorzercodex und das Buch de spectaculis aus Trier erwartet; statt des Ersteren habe er stets nur schöne Versprechungen erhalten, auch die Fuldaerhandschrift sei ihm der Henneberg'schen Händel wegen nicht zugekommen. Die Bücher ‚de spectaculis‘, hatte der Rechtsgelehrte Ulrich Fabritius im Trier'schen gefunden, der dann als erzbischöflicher Gesandter in Baetica gestorben. Umsonst kümmerte sich Rhenanus um diese Handschrift, er konnte sie nicht mehr aufspüren. Aus Besorgniss vor Concurrenten habe ihn da Frobenius zu einer zweiten Ausgabe gezwungen, da die Nachfrage nach Tertullians Schriften bei allen Völkern eine grosse gewesen. Sei er auch anfangs nicht recht eifrig an dies Werk gegangen, so habe er sich doch im Verlaufe der Arbeit für dieselbe sehr erwärmt und habe Vieles hergestellt und verbessert. Denn seit sieben Jahren habe er viele Abschriften — freilich auch sie waren versehrt — lesen können. Mit Selbstgefühl spricht er von seiner untadeligen eifrigen Arbeit. Den schadhaften Büchern habe er Noten beigegeben, so viel es die Kürze der Zeit erlaubte [2]; so könne er hoffen, dass ein billiger Leser wenig vermissen werde. Kurz die vorliegende Ausgabe übertreffe die Editio princeps bei Weitem. Gerne freilich hätte er auch das Gedicht (!) des Tertullian de Sodomorum conflagratione herausgegeben, das sein Freund Johannes Sichard in der Lorscher

---

[1] Ingenue fateor primū paulo remissius, sed ac successum postea nonnihil incalescens, ut citra psidium exemplarium uetustorum, meo dumtaxat Marte, quod aiunt et improbis laboribus, tantum corruptorum locorum restituerim, tantū abstrusorum sensuū operuerim, quātū libris antiquissimis adiutum praestitisse suffecisset. Nihil hic fingo, neque meipsum praedico. Res ipsa declarabit, quid fecerim. Non quod omnia ad unguem castigata putem, quis enim hoc praestet in tanto prelorum tumultu, tum mancupes officinae conpendium spectant et ob diutinum laborem submorosius responsant operae, castigatores uero nonnunquam hallucinantur. Sed quod haec aeditio superiorem longe uincat, siue diligentiam meam consyderes, siue eorum, qui in officina castigationi p̄fuerunt. Nam abhinc septennium, quum primum exiret autor, multum mihi temporis consumebatur in relegendis exemplaribus, quae ex uetustis et hiis deprauatis utcunque describebantur.

[2] Beim ‚Apologeticus‘ that er dies nicht, da dieser ohnedem weniger fehlerreich und von den gelehrtesten Männern verbessert worden sei.

Bibliothek gefunden, doch die Rücksicht auf diesen Freund, der das sehr fehlerreiche (mendosissimum) Gedicht mit dem Carmen Victors des Afrikaners de Machabaeis herausgeben will, habe ihn abgehalten dieses als Koronis mitzutheilen, er gibt nur die ersten drei Verse an. — Uebrigens ist dies Gedicht ohnedem ein unterschobenes. [1] — Auch in dieser Ausgabe fehlt es nicht an Lobpreisungen Tertullians, von dem er sagt, dass ihn jeder bedeutende Theologe so hoch schätze, wie den Origenes; auch hier klagt er über den arg verdorbenen Text, den er übrigens z. B. im Buche aduersus Valentinianos fast ganz wieder hergestellt. [2] Dasselbe, was er beim Plinius gethan, wolle er auch hier thun; er fordere nämlich die Pfleger der schönen Wissenschaften auf, in alten Bibliotheken nach Handschriften des Tertullian zu suchen. —

Was Rhenanus dieser zweiten Ausgabe an Noten hinzugefügt, ist nicht besonders viel — er selbst sagt ja: ich wollte keinen Commentar schreiben — es ist ausser den Argumenten meist nur eine Erklärung von Phrasen gegeben (z. B. lanceare pro lanceam ferre). — Die dritte Ausgabe fällt in das Jahr 1539 und kann daher erst später besprochen werden. Um den Zusammenhang nicht zu unterbrechen, habe ich die beiden ersten Tertullianausgaben nebeneinander gestellt, es fällen aber zwischen die Jahre ihres Erscheinens die hochwichtige Vellejusedition (1522), die Ausgabe der Autores historiae ecclesiasticae (1523) und des Plinius (1526) die hier eine kurze Besprechung finden sollen.

---

[1] Die Datirung der Vorrede ist: Basileae pridie calendas Martias 1528.

[2] S. 403 sagt Rhenanus, dass in diesem Buche nullus propemodum uersus inoffense legi posset. Hic potissimum in Tertulliani scriptis accidere quoties rhetoricari incipit . . . . Nos partim auxilio uetustissimi scriptoris Irenaei, partim ingenti labore nostro librum hunc propemodum natiuo Suo nitori restituimus. Auch hier eifert Rhenanus gegen das eilfertige Abändern der Lesarten, dass man dies z. B. beim Plinius gethan, hat diesen verdorben, sic mutatis multis, ut mendae non sentiantur ne a doctis quidem. Darum fehle so viel beim Plinius, in uerius obiter interpollato, quam ad germanam synceritatem restituto. Bei diesem Buche giebt er den Studierenden den Rath: Ipsi periculi faciant an ex diuersis exemplaris lectione uerior et aptior alicubi sententias possit exculpi . . . . Malint oculis suis fidere, quam alienis.

Die Vellejus-Edition.

Am kürzesten kann ich mich bei Vellejus fassen, da über ihn vorzügliche Erläuterungsschriften vorliegen [1] und über die Textgeschichte — wie selten irgendwo — Klarheit verbreitet ist. Es steht fest, dass Rhenanus nicht bloss der erste Herausgeber sondern auch der Entdecker dieses werthvollen Schriftstellers ist. Er fand den argzerrissenen, manken Codex, um 1515 im Kloster Murbach (in einem Thale der Vogesen in Oberelsass) und liess ihn durch einen Freund abschreiben. Um 1516 durfte Bonifaz Amerbach im Zimmer des Rhenanus sich von dieser Abschrift eine Copie fertigen, befreundete Gelehrte, wie Spalatinus erfuhren von der beglückenden Auffindung der Geschichte des Vellejus, der Letztere bat um eine Abschrift davon für seines Churfürsten Bibliothek. Doch trotz des allgemeinen Interesses konnte sich Rhenanus zur Herausgabe nicht entschliessen, zu desperat erschien ihm der Zustand seines Codex. Fehlte es ja hier an Anfang und Ende, aber durchaus nicht an den sinnlosesten, geradezu ,perplexen' Lesarten. Rhenanus hatte desshalb den Plan auf einen besseren Codex zu warten, als er hörte, dass Georg Merula einen solchen zu Mailand gefunden, wollte er sogar nach Italien reisen, doch kam es nicht dazu. Dem Drängen der Wissbegierigen nachgebend — und da auch Merula den Vellejus nicht edirte, entschloss sich Rhenanus denn doch zur Herausgabe der Murbacher Abschrift. Was den Murbacher Codex betrifft, so mag hier bemerkt sein, dass er in Minuskel geschrieben und keinesfalls jünger, als das zehnte Jahrhundert war. ,Der Text aber ist durch die Hände eines Schreibers gegangen, der nicht nur höchst nachlässig war, sondern stumpf an Geist und mit Unsinn zufrieden.' ,Diese Verwilderung' [2] war denn auch ,mit leiser Hand nicht zu zähmen und vielen der einleuchtendsten

---

[1] Vor Allem Fechter die Amerbach'sche Abschrift des Vellejus Paterculus und ihr Verhältniss zum Murbacher Codex und zur Editio princeps Basel 1844.

[2] Vgl. den Brief des Rhenanus bei Heckel Manipulus, der übrigens unrichtig datirt ist. Statt pridie diui Gregorii 1520 muss es heissen 1521 cf. Fechter l. c. 42 f.

Verbesserungen der früheren Herausgeber fehlt die Gelindigkeit,
die wir bei einem anderen überlieferten Texte verlangen
würden.'[1] Auch Rhenanus und vornehmlich Burers Versuche
gehören öfters in die eben charakterisirte Gattung der Emendationen. Rhenanus selbst sagt es ja, wie er sich gegenüber
der Unfähigkeit jenes Abschreibers habe verhalten müssen.
‚Ich wollte schwören‘ sagt er ‚dass der Abschreiber des Codex
nicht ein einziges Wort verstanden habe, so verwirrt ist Alles
und ohne Unterscheidungszeichen. Da hilft es zu nichts, sich
mit ängstlicher Genauigkeit ans Wort zu halten, hier ist die
Genauigkeit allein nicht am Platze, sondern vor Allem die
Divination. Wie interessant und erfreulich stimmen diese
Aeusserungen — oft selbst im Wortlaute mit den oben citirten
Bemerkungen eines der grössten Philologen unserer Tage, mit
den Worten von Moriz Haupt![2] —

Solcher Art war das Material, das Rhenanus bei seiner
Ausgabe vorlag.[3] Aber um das Uebel noch ärger zu machen,
hatte auch jener Freund, den er mit der Abschrift des Codex
betraute, seine Sache recht schlecht gemacht. Der Codex erwies
sich als ‚properanter ac infeliciter descriptus‘ und wurde leider
zum guten Theile so abgedruckt, bis Albert Burer, dessen
Geschicklichkeit auch von den Neueren (z. B. Ruhnken und
Orelli) anerkannt ist, den Rhenanus aufmerksam machte, dass,
wenn er nicht rechtzeitig dazusehe, sein Vellejus voll von
Fehlern ans Licht treten würde.[4] Aus dieser Warnung und
der Vergleichung jener unglückseligen Abschrift mit dem Mur-

---

[1] Aus Moriz Haupt's scharfsinnigen kritischen Bemerkungen über Vellejus
Paterculus in den Berichten über die Verhandlungen der k. sächs. Ge-
sellschaft der Wissenschaften 1848. I. S. 190 ff.

[2] Wie arg dieser Verderb zeigt — um nur zwei Stellen herauszuheben – die
Lesart Pontiae Camillae statt potentiae male (II. 47. 2), oder Africaque
statt acriter.

[3] Wohl klagt Rhenanus oft über die Dummheit der Abschreiber, dennoch
entschuldigt er sie wieder selbst, man müsse froh sein, wenigstens schlechte
Abschriften zu haben. da könnten doch verständige Männer corrigiren.
Die Benedictiner aber lobt er ihres Fleisses wegen, durch den sie so
viele alte Schriften retteten.

[4] Brief an Rhenanus bei Fechter die Amerbach'sche Abschrift S. 41:
cui tu nisi manum admoveas et caput, sancte iurauerim Vellejum nunquam
a mendis purum in lucem proditurum.

bacher Codex entwickelte sich nun eine Correspoudenz zwischen
Rhenanus und Burer, der wir die — noch häufig die Spuren
der Briefform an sich tragenden — Emendationes ex codice uetusto verdanken, eine werthvolle Zugabe zur Edition,
durch die sich Burer ein grosses Verdienst um die Texteskritik erwarb. Auch Rhenanus lobte sie sehr, er nennt sie
‚plus quam diligenter‘ gearbeitet. [1] Nachdem die Ausgabe Ende
1520 abgeschlossen ward, [2] erschien endlich 1522 bei Froben
zu Basel das Werk unter dem Titel P. Velleji Paterculi
Historiae Romanae II Volumina per Beatum Rhenanum.
Es enthält 70 Folioseiten und ist dem ‚deutschen Mäcenas der
humanistischen Studien‘ dem Kurfürsten Friedrich von Sachsen
gewidmet. Rhenanus bittet in der Dedication den Fürsten, er
möge das Werk freundlich aufnehmen, da es Vieles erzähle,
was bisher den Gelehrtesten unbekannt geblieben, so z. B. die
Schlacht des Varus mit dem Arminius, die sich bisher nur
kurz im Florus fand, und die Geschichte des Marbod. — In
der That, der Historiker wird es dem Rhenanus stets dankbar
gedenken, dass er diesen Autor der Vergessenheit entriss.
Rhenanus war sich aber auch selbst sehr wol bewusst, welche
Bedeutung diese Publication habe. Er klagt im Vorworte an
den Leser, wie an vielen Stellen des Buches über die Sorglosigkeit der Menschen, welche die alten Schriften — grausamer
als die Zeit — verkommen lassen, klagt aber auch über die
hochnasigen Spötter, die selbst nichts leisten und seine fleissige
mühsame Arbeit schmähen werden, — das werde ihn aber gar
nicht hindern, auch den Tertullian herauszugeben. (Die Vorrede
ward eben schon um 1520 abgeschlossen.) Uebrigens mitten
unter seinen gelehrten Conjecturen bricht auch hier sein lebhaftes Nationalgefühl hindurch. Den Italienern will er nicht
nachstehen, sondern durch seine Arbeit ihren Leistungen gleichkommen (S. 5). Und bei der Geschichte von dem cimbrischen
Sclaven, der den Marius tödten sollte, will er es nicht leiden,
dass Manche diesen einen Gallier nennen. Da vertheidigt er

---

[1] Vgl. darüber Haupt a. a. O. und Fechter die Amerbach'sche Abschrift S. 41.

[2] Die Dedication ist datirt VI. Idus Decembris 1520, eine kurze Vita des
Vellejus von Rhenanus schliesst sich an sie an.

denn die Schilderung des Vellejus, das ‚vulgus interpretum‘,
weiss es eben nicht, dass die Griechen und Römer unter dem
Namen der Celten sowol Germanen, als Gallier verstanden.
Dass jener Sclave ein Germane war, steht übrigens dem Rhenanus aus dem Grunde ganz fest, weil der Sclave eine aus-
gezeichnete Probe deutscher Rechtlichkeit dadurch an den Tag
gelegt, dass er das Leben desjenigen schonte, der ihm das
Leben geschenkt. Plinius und Florus bringen ihn von dieser
Ansicht nicht ab, da es ja sicher sei, dass die Römer auch
die Germanen unter dem Namen der Gallier mitinbegriffen.
Diese Ausführung erinnert an Wimpfeling.

Die Autores Historiae Ecclesiasticae.

In nächster Zeit treffen wir ihn bei seinen geliebten
Kirchenhistorikern, denn schon im Jahre 1523 erschien die
gewiss höchst verdienstvolle voluminöse Ausgabe mehrerer
Kirchenschriftsteller unter dem Titel: AUTORES HISTORIAE
ECCLESIASTICAE. Das Titelblatt enthält zugleich den
Index des Werkes, nemlich: Eusebii Pamphili Caesariensis
Libri IX. Ruffino Interprete, Ruffini Presbyteri Aquileiensis,
Libri duo. (Recogniti ad antiqua exemplaria Latina per Beat.
Rhenanum.) Item ex Theodorito Episcopo Cyrenensi, Sozomeno
et Socrate Constantinopolitano Libri XII. versi ab Epiphanio
Scholastico, adbreuiati per Cassiodorum Senatorem unde illis
Tripartitae Historiae uocabulum. Darauf folgt die Bemerkung:
Emendati et hij multis locis. Additis passim Graecis epistolis
plerisque Synodorū ac Impp. e Tomis Theodoriti, cū ut Latinae
uersioni ex hijs succurratur, tum ut uelut monimenta quaedam
Christianae antiquitatis conseruentur et habeat lector φιλέω
quod non sine fructu conferat. Folgt das Frobenische Zeichen
und die Notiz: CUM PRIVILEGIO CAESAREO cuius exem-
plum proximo folio continetur. Das kaiserliche Privileg von
Ferdinand (Archidux Austriae), dem Markgrafen Joachim von
Brandenburg und von V. Varnbuler unterzeichnet, schützt das
Werk für zwei Jahre gegen den Nachdruck und ergeht sich
in warmen Lobesspenden für Johannes Frobenius. Es nennt
ihn einen Mann von beispielloser Rührigkeit und Tüchtigkeit
in dem Bestreben, die Buchdruckerkunst durch Reinheit der

Schriftzeichen und die Genauigkeit der Correcturen ausgezeichneter zu machen, sein Haus sei nicht bloss eine Druckerstätte für die Werke der besten Verfasser, sondern auch der Aufenthaltsort der Gelehrten [1] u. s. w. Diesem Privileg schliesst sich die Dedicationsepistel an Bischof Stanislaus Turzo von Olmütz an.

Denn auch dieses Werk ist dem feinsinnigen Mäcenas der Gelehrten gewidmet. In der Dedicationszuschrift [2] drückt Rhenanus sein Erstaunen darüber aus, dass die Kirchenväter gegenüber den Profanschriftstellern so wenig gelesen werden, dass man sie gleichsam für unwürdig hält, sie in die Hand zu nehmen. Im Gegensatze dazu weist er auf Eusebius von Cäsarea, ihr Haupt ‚den Gelehrtesten nicht bloss, sondern auch den Beredtesten‘, und auf den Nutzen hin, der aus der Lectüre seiner Schriften hervorgehen muss. ‚Ist es nicht von grosser Bedeutung,‘ fragt er da, ‚zu erfahren, was nach Christus in der Kirche von den Aposteln und apostolischen Männern geleistet worden sei?‘ Dort aber werden uns nicht bloss ihre Thaten erzählt, sondern auch — leider nur — die Reste ihrer Schriften

---

[1] ‚Omnibus notum sit‘ heisst der Wortlaut des Diplomes, perlatum ad nos esse JOANNEM FROBENIVM, ciuem Basiliensem, uirum singularis industriae ac probitatis rem chalcographicam, mundicia characterum et accuratione emendandi maiorem in modum illustrasse: atque huius aedes non solum officinam excudendi optimum quenque autorem, sed etiam eruditorum esse domicilium. Eaq; tum diligentia, tum liberalitate erga literatos in tantum existimationis euasisse, ut nemo se putet albo eruditorum ascriptum, cuius foetura illius manibus non sit confota, exculta proditaq; in luce hominū et hanc opinionem tueri non posse, sine grauissimis impensis. Nam plurimum pecuniae sit in exemplaria, in castigatores, in eos qui uel antiquitate deprauata restituant, uel nuper inuenta expoliant insumendum: Praeterea extare qui homini undique insidientur, ut tali iniquitate rem adaugeant familiarem.

[2] Rhenanus geht hier von der Einwirkung der Geschichte aus und sagt: Cum omni historiae hoc ueluti peculiare sit, ornatissime Praesul, ut etiam qualitercunq; scripta lectorem tamen adficiat ac teneat, cum ob uarietatem, quae fastidium oboriri non sinit, tum ob ipsam rerum cognitionem quem mire auet animus humanus, ac copiosissime exhibet historia, plus quam quoduis aliud scriptionis genus et uulgo tam auide legantur hii qui ethnicorum historias perscripserunt e Latinis Liuius Patauinus, Salustius, Justinus: e Graecis Thucydides, Dionysius Halicarnasseus, Xenophon, quod ego sane non improbo, iure mirari quis possit, quur Autores ecclesiasticae . . . . . . ita apud nos neglecti iaceant.

mitgetheilt, freilich Reste, die uns ahnen lassen, von welcher Bedeutung jene waren, die durch die Nachlässigkeit der Vorfahren zu Grunde gingen. Ja wir würden den Egesippus, Iustinus, Dionysius von Korinth, den Melito von Sardes, Cl. Apollinaris von Hierapolis, Dionysius von Alexandria und selbst den Irenäus nicht kennen, wenn Eusebius nicht Fragmente aus ihren Werken mitgetheilt hätte. Rhenanus meint, auch der h. Hieronymus habe die Daten seines Cataloges aus Eusebius geschöpft. Und weiters legt er dar, wie schön es sei, wenn es auch nicht nothwendig wäre zu erfahren, was die ausgezeichneten Märtyrer gelitten hätten, mit welcher Freudigkeit und Ausdauer sie die furchtbarsten Qualen erduldeten, was hinwieder die römischen Kaiser und Präsides gegen die Ausbreitung des Christenthums versuchten. Alles dieses hat Eusebius mit Treue beschrieben, so dass ihn Basilius mit Recht ἀξιόπιστος nennen konnte. Desto mehr wundert sich Rhenanus über das Urtheil des Pabstes Gelasius, der die Lectüre des Eusebius verbieten wollte. Auch gegen die Zweifler an der Echtheit der Geschichte des Eusebius wendet er sich und zwar in recht derber Weise. (Quod .... legitur, Historia Eusebii Pamphili apocrypham esse, ab aliquo asino adjectum est.) Im Verlaufe seiner Vertheidigung des Eusebius kommt er zu Darlegungen, die für seine religiöse Auffassung von Bedeutung sind. Er wendet sich gegen die, welche den Wundern entgegenkläffen und erklärt den gläubigen Sinn der alten Christen aus ihrer Einfalt, aus jener Einfalt, die mehr christlich sei, als der vorwitzige Scharfsinn, welcher der Natur das Meiste, der göttlichen Vorsehung aber ganz wenig zuschreibe. [1] Er beleuchtet sodann die Thätigkeit des Interpreten Ruffinus, den er nur einen Paraphrasten nennen kann, da er nach Willkür zusetzt und auslässt, das beweisen seine Uebersetzungen der Predigten des G. v. Nazianz und des Josephus. Lebhaft bedauert er den Abgang eines griechischen

---

[1] Atque hoc sane modo compescendi sunt importuni quidam miraculis semper obgannientes, ut sciant uetereis Christianos ea fuisse in CHRISTVM gratitudine et obseruantia, ut quidquid uspiam bonae rei accideret, uel noxiae auferretur, id coelesti numini imputarent, per sanctos uiros uelut organa quaedam operanti. Sic morborum ac tempestatum depulsis et exitialium bestiarum amolitio, apud illos cottidie miraculorum numerum augebant et sanctis hominibus uenerationem conciliabant.

Exemplars und wünscht, dass die hohen geistlichen Würden-
träger Roms für die kritische Ausgabe der Kirchenväter Sorge
tragen möchten; an sehr alten Handschriften und gelehrten
Männern sei doch zu Rom kein Mangel. —

Die Recognition des Rhenanus versah die Ausgabe mit
Randnoten, die oft kleine Commentare werden, sowie er denn
auch viele Lesarten besserte. Die Rücksicht auf die Lernbegierigen und Studenten der Theologie leitete ihn auch hier
und liess ihm auch die sog. Historia tripartita anreihen, trotzdem er sich über ihre Entstehung und ihren Werth nicht
täuschte.¹ Mühe genug schuf ihm diese Arbeit, bei der ihm
aber doch eine griechische Handschrift des Theodoritus zu
Statten kam, die ihm die Predigermönche aus der Bibliothek
des Cardinals Johannes von Ragusa geliehen hatten. Auch in
dieser Arbeit tritt uns sein strengkirchlicher Sinn und bereits
ein Keim jener ängstlichen Besorgniss entgegen, die ihn später
der Sache der Reformation völlig entfremdete. Als er von der
getreuen Schilderung des Arianismus spricht, bemerkt er: ‚Wenn
man dies liest — wie jener aus kleinen Anfängen bis zu
solchem Verderben für die Welt entbrannte — so muss man
befürchten, dass auch wir durch unsere allzu heftigen Streitig-
keiten in ähnliches Unheil gerathen. Anfänglich hätte man dem
Arianismus wehren können; wie viel Blut aber ist, als der
Streit länger währte, auf beiden Seiten vergossen worden!
Sehr wahr sagt Plautus: Feliciter sapere qui alieno periculo
sapiant.‘ Den Schluss der Epistel bilden Lobsprüche auf Turzo,
der ihn durch die Schenkung einer Schale und einiger Römer-
münzen hoch erfreute.² Dem folgten einige kurze Angaben

---

¹ Von der Tripartita äussert er: Nullus apud Latinos extet liber pari in-
scitia uel socordia tractatus, nullus prodigiosioribus maculis contaminatus:
peruersionem dicas, non uersionem. Das Zeitalter Cassiodor's nennt er
unglücklich quando cum Romano Imperio optimis simul literis profligatis
barbaries apud Italos non solum in Palatio, sed etiam in scholis regnare
coepit. Ueber seine Arbeit daran bemerkt er: Nam qui primo nolebam
esse ingeniosus in alieno libro, dum tot soloecismis et barbarismis offendor
cogor uel inuitus quosdam insigniores ac intolerabiliores lapsus castigare....
uide uel emendando uel mutando nihil profici, nisi denuo quis interpretatur,
ita misere uertit Epiphanius.

² Unde merito ingratus censeri debeam, si non adnitar; ut tanti Principis
liberalitati lucubratiunculis meis qua licet respondeam et paratissimi

über Eusebius aus dem Cataloge des Hieronymus und noch
kürzere Notizen über Theodoritus, Sozomenus und Socrates.
Das Werk enthält ohne den stattlichen Index 636 Folioseiten.
Von der zweiten um 1535 erschienenen Ausgabe desselben
Werkes soll an einem anderen Orte die Rede sein. —

Die Plinius-Emendationen.

Aus den Jahren 1524 und 1525 ist — wenigstens mir —
kein Werk des Rhenanus bekannt, aber wohl reifte in dieser
Zeit eine der schönsten Früchte seiner rastlosen Thätigkeit —
ich meine die Noten zum Plinius. Irre ich nicht, so sind diese
um 1526 erschienenen Emendationen des Plinius (Naturalis
Historia) sein philologisch bedeutendstes Werk. Nirgends in
seinen philologischen Arbeiten fand ich so siegreich und selbst-
bewusst vorschreitende Kritik mit so grosser Vorsicht und
Ruhe des Forschens und Prüfens vereint. Nirgends liegt auch
seine Methode der Textherstellung und Textesreinigung deut-
licher vor, als hier. So oft er sich auch geirrt, so oft er über
das Ziel geschossen, dieser Wahrheit suchenden, vernünftigen
und freudigen Forschung mit ihrer jugendlich frischen Sprache
wird man seine Theilnahme nicht versagen können. Schon die
Vorrede gehört inhaltlich und formell zu dem Besten, das
Rhenanus geschrieben. — Das erste Blatt des hundert und
zehn Folioseiten füllenden Buches giebt statt des Titels ein
förmliches Programm. Die Aufschrift lautet: BEATVS RHE-
NANVS SELEZESTADIENSIS, IN C. PLINIVM. Darunter
steht das Froben'sche Firmazeichen, dem die Inhaltsangabe des
Buches folgt: Repurgatur hoc libro non solum Praefatio
PLINIANA a multis mendis et ipsi Naturalis Historiae libri
infinitis locis castigantur, ac tanquam scholijs alicubi illustrantur,
post omnium aeditiones annotationesque quas ad hoc tempus,
nempe Annum MDXXV. uidere contigit. Verum etiam modus
ostenditur, quo tum ipse PLINIVS tum autores alij praesidio

---

animi obsequia declarem. Conueniebat autem ut eloquentissimi doctissimi-
que Episcopi opus a me recognitum, ad Praesulem modis omnibus in-
signem, ac literatum literatorumque patronum unicum mitteretur. Datirung: Basileae VIII. Calendas Septembris. Anno MDXXIII.

manuscriptorum codicum restitui queant et adiuatur diligentissima
FROBENIANAE Officiuae aeditio, quam ubique sequimur, cum
qua collationem quoque fieri uolumus a lectore.   Nam quae
castigata sunt in illa ante, sunt autem innumera, nos consulto
praeteriuimus.   Dices hoc laboris post Hermolaum Barbarū
uirum eruditissimum, non frustra a nobis susceptum, si modo
legeris. Et probabis consilium nostrum quo. haec seorsim doctis
cognoscenda nunc exhibenda.

De qua re fusius in proxima Epistola, quae nuncupatoria
est ad clarissimum Baronem JOANNEM A LASCO Polonum.
CUM GRATIA ET PRIVILEGIO IMPERIALI.

Dem Johannes von Lasco dem Basler Freunde, dem
Liebling des grossen Erasmus [1] ist das Buch gewidmet.   Die
offene ungezwungene Sprache des Freundes erfüllt in ange·
nehmer Lebendigkeit die Vorrede.   Rhenanus beklagt im Eingange — wie er dies an vielen Orten gethan — die ‚dicke
und träge Nachlässigkeit‘ der Vorfahren, die mehr geschadet,
als die ‚gothischen‘ Einfälle und Verwüstungen.   Denn wenn
die Vorfahren doch wenigstens die Reste jener glänzenden
Schriftwerke rein und unverfälscht auf die Nachwelt gebracht
hätten!   Doch dies thaten sie so wenig, dass im Gegentheile
gleichsam Leute um Sold gedungen wurden, mit aller Mühe
jene Werke zu verderben, mit solcher Begier bestrebten sich
Einige, die Schriften der guten Autoren zu verunstalten.   Dies
merkt man nirgends so sehr, als in dem Werke des C. Plinius
Secundus, dem ausgezeichnetsten und nützlichsten Buche der
Lateiner, diesem Schatze für jeden Gelehrten.   Sind doch in
ihm so viele griechische und lateinische Schriften enthalten,
die er, wo es ihm gut schien, gelehrt und elegant umschrieb.
Blieb Plinius unversehrt, so blieb es auch ein guter Theil der
ältesten Autoren.   Es galt desshalb um so mehr dafür Sorge
zu tragen — da man ganze Bibliotheken nicht schützen konnte
oder wollte, indem man sich mehr um gute Sitten als um Bildung kümmerte — dass das wahrhaft göttliche Werk des

---

[1] Näheres über Lascos Verhältniss zu Erasmus und Rhenanus und Lobsprüche über seine von der Lebensweise der meisten Adeligen so sehr
verschiedene Beschäftigung mit der Wissenschaft S. 6 der Epistola
nuncupatoria.

Plinius das einer Bibliothek gleicht, rein und unversehrt zur Nachwelt gelange. Mit Anerkennung gedenkt er sodann der Gelehrten, die sich um die Emendation des Plinius ein Verdienst erworben, vor Allem des Hermolaus Barbarus, [1] der dem Hercules ähnlich [2], als der Erste gewagt mit den Ungeheuern im Plinius den Kampf zu beginnen. Auch war seine Bemühung nicht ohne Erfolg. An zahlreichen Orten wurde der edle Schriftsteller durch ihn wieder hergestellt, der früher vielfach unverständlich und desshalb verachtet und vernachlässiget wurde. Dieser Erfolg regte auch andere Gelehrte zur Säuberung des Pliniustextes an, freilich taugten ihre ‚Castigationes‘ mit denen des Hermolaus verglichen beinahe nichts. Neben ihm lobt er noch den Wilhelm Budaeus [3] der Grosses geleistet, weil er nichts ohne alte Handschriften arbeitet; diese durchforscht und vergleicht er. Das ist auch dem Rhenanus die rechte Methode. Er kommt nun in sein eigentliches Fahrwasser und fährt eifrig fort: Und wahrhaftig so ist es; auf die alten Handschriften muss der zurückgehen, der sich in der Wiederherstellung der Schriftsteller Lob verdienen will. Denn dies ist der sicherste Weg zur Ausforschung der reinen Lesart aus den Flecken (mendis) und Ueberbleibseln der alten Exemplare die echte Schreibung herauszufinden, d. i. aurum e stercore colligere. Die Conjecturen, die aus dem Verstande geschöpft sind, erweisen sich meist eher als trügerisch, denn die den Spuren der Handschrift entnommenen. Auch Hermolaus Barbarus täuschte sich in dieser Hinsicht oft, da er mehr besorgt war, verderbte Stellen mit Angaben beim Aristoteles zu vergleichen, als mit den Manuscripten. ‚Ich erdichte nichts, berühmtester Johannes! Das, was ich sage, hat mich die Schule der Vergleichung (collationis experientia) gelehrt.‘ Eine schwere Arbeit war es, die er unternommen, auch er musste sich mit

---

[1] Er nennt ihn: uir tum literis, tum honestate uitae, dum in humanis ageret, prorsus incomparabilis. Auch Sillig Plinii Secundi Naturalis historia 1851 lobt ihn (Präf. XXIII.) sehr.

[2] Dieser Vergleich begegnet uns später noch S. 23. Vgl. auch über Hermolaus Barbarus die genaue Ausführung S. 22.

[3] Qui uir aetatem nostram unice exornat, magnum ubique decus Galliae suae concilians, sagt Rhenanus von ihm. Er meint offenbar dessen Werk ‚de asse.‘ Venedig 1522. Rhenanus selbst spricht ja S. 104 von diesem

Ungeheuern (portentis) herumschlagen, aber allen Eckel und alle Mühe bei dieser Arbeit überwand der Hinblick auf den grossen Nutzen, den diese für die Schüler und Freunde der Wissenschaft haben müsste. Und Rhenanus begnügte sich nicht damit, eine andere Lesart aufzustellen, sondern er bemühte sich auch die Gründe anzugeben, warum er glaube, gerade so lesen zu müssen. Er thut dies beileibe nicht (me hercle) wegen jener Händelsüchtigen, die dem Castigator keinen Glauben schenken, sondern der Lernbegierigen halber, denen er den Weg zur Emendation der bewährtesten Autoren nicht verbergen wolle. ‚Ihn kennen gelernt zu haben wird Jenen vielleicht nützen, die mit der Reinigung des Pliniustextes gegenwärtig in Italien und Deutschland beschäftigt sein sollen, denen ich gerne die Kunst gezeigt haben würde, durch die sie meiner Arbeit nicht bloss gleichkommen, sondern sie auch weitaus übertreffen, durch die sie mich dort, wo ich gefehlt, mahnen und ausbessern können. Denn dies möchte ich zu versprechen wagen, wenn die Gelehrten jenen Weg, den Schriftwerken der Alten zu helfen, betreten wollen, den ich gezeigt, so werden sie nicht bloss den Plinius völlig gereinigt besitzen, sondern auch andere Autoren.‘ Denn einen Autor, welcher der Emendation gar nicht bedürfte, giebt es nicht. Scharf geht er sodann auf die missglückten Emendationsversuche über, welche Interpreten und Professoren im völligen Unverständniss dieses Autors gemacht. [1] Mit überlegener Heiterkeit lächelt er über den köstlichen Anblick, den zwei solcher Interpreten gewähren, die sich ingrimmig mit Schmähungen zerfleischen, während doch Jeder von Beiden irrt und keiner den rechten Sinn des Plinius erfasst hat. Bei so verderbten Handschriften richtet man die Sache nicht bloss mit Conjecturen, dies führt allemal zur Unsicherheit. Daher wird der Bearbeiter der Lobenswerteste sein, der seine Gedanken öffentlich äussert, besonders dann wird er unsere Gunst verdienen, wenn er frei von Hartnäckigkeit im Behaupten ist und sich vom Schimpfen fernhält. Das ist der einzige und beste Weg zur Herstellung der

---

[1] Doch stets versöhnlich fügt er die Worte hinzu: De qua tamen re non admodum miror, cum impossibile sit, e corrupta lectione diuinare, quidnam significare uelit.

Autoren. So wie man einst vor der Entwickelung der Heilkunst
die Kranken auf die Scheidewege gebracht, damit die Vorüber-
gehenden ihnen mit gutem Rathe helfen möchten, so glaube
auch er des Plinius verstümmelte Stellen öffentlich vorweisen
zu müssen, um für sie ein Heilmittel zu erlangen. Nichts hat
ja dem Plinius so sehr geschadet, als die voreilige Unbesonnen-
heit Einiger, die Privatnotizen eines Gelehrten sogleich in die
Ausgaben aufzunehmen wagten. So ist dem ächten Texte eine
Menge Verfälschtes beigemengt, dass es schwer fällt, das Falsche
vom Ursprünglichen zu unterscheiden. Denn es giebt nicht
eine so grosse Menge von Handschriften, dass sie überall zur
Hand wären, und übrigens sei die Lesung derselben keine so
einfache Sache, da die Schrift vielfach beschädigt sei. — Nach
diesen durchaus sachlichen Erörterungen eilt er zum Schlusse
der Vorrede; ‚ich will nicht‘ sagt er ‚den Leser mit langen
Erzählungen hinhalten, sondern kurz und einfach die Sache
behandeln. Er geht denn auch sofort auf die Kritik des Textes
der Präfatio Pliniana über, kann es aber hier nicht unterlassen,
sich gegen die zu wahren, die sein Beginnen nach dem Erscheinen so vieler Editionen, Observationen, Miscellanea und
Racemationes für überflüssig halten. Ruhig erwidert Rhenanus,
wer sein Werkchen auch nur zu kosten belieben möchte, wird
— so glaubt er — sehen, dass er nicht umsonst gearbeitet.
Und in der That, es würde sich sehr strafen, dieses Werk des
Rhenanus nur obenhin zu betrachten. Eine Reihe hoch-
interessanter Bemerkungen, für den Philologen von Fach von
grosser Bedeutung — eine Reihe von Angaben, die man hier
nicht suchen würde, [1] für die wir aber herzlich dankbar sind,
finden sich hier vereint.

Stellen aus der Präfation, dem VII., VIII., X. und
XIV. Buche des Plinius sind es, an denen Rhenanus seine
Emendationen versucht. Hiebei lagen ihm mehrere Hand-
schriften vor, — leider nennt er nur die Murbacher Hand-
schrift, die er wohl entliehen hatte, einmal erwähnt er auch
(S. 57) eines Fuldaer Codex, den man verglichen habe — und

---

[1] Vgl. die Bemerkungen über Hermolaus (42), Turzo (27). Wir erfahren
(S. 14), dass Lasco die Bücher Ciceros de Republica in der k. Bibliothek
zu Krakau gesehen habe.

zahlreiche Drucke; der Pariserausgabe (S. 17, 92, 101 und 104)
und der Frobeniana erwähnt er öfter. Zahlreicher als irgendwo
sind in diesem Werke die Stellen, aus denen wir des Rhenanus
eigenthümlichen Vorgang bei der Texteskritik ersehen. Die
Fehler und Gebrechen des Textes erklärt er entweder aus der
Sorglosigkeit und Gedankenlosigkeit ungebildeter Abschreiber,
oder aus naseweisen Verbesserungsversuchen, die sich im Ein-
schieben von Conjecturen in den Text oder auch in leicht-
sinniger Ausfüllung der Lücken in der Handschrift geltend
machen. Eine andere Art den Text zu verderben bieten die
Schreibfehler, welche die Copisten gemacht: die häufige Ver-
wechslung von u und n, von in und m u. A. erzeugte dann
unverständliche Worte an denen sich die oft unreife Besserungs-
sucht Späterer zum Schaden des ursprünglichen Sinnes ver-
suchte. So wurden denn — Rhenanus hat Recht, sie so zu
nennen — wahre portenta und monstra aus den sinnreichsten
Stellen. Oftmals führte denn auch die Unkenntniss des Sprach-
gebrauches zu Abänderungen unglücklichster Art, wie Rhenanus
u. A. S. 92 eine verzeichnete. Auch gegen den Autoritäts-
glauben, gegen das jurare in verba magistri wendet er sich mit
entschiedenem Witze. Ein Gelehrter — sagt er etwa — macht
auf den Rand seines Exemplares eine Bemerkung, er schreibt
auf, was ihm eben in den Sinn kömmt, nicht weil er es billigt,
sondern weil ihm scheint, dass die Stelle so gelesen werden
könne. Ein gläubiger Schüler nimmt dies aber als Orakel
auf, was jener als leichte Conjectur bemerkte. Und wie über
eine grosse Sache sich brüstend und triumphirend sagt der
Schüler: ‚So liest Beroaldus, so Sabellicus und zweifelsohne
d a r f nicht anders gelesen werden. Sogleich radirt er dann
die alte Lesart aus, und setzt jene neue an die Stelle. Dies
sagt er kaum den nächsten Freunden, sondern betrachtet die
Sache als Geheimniss. Solche Dinge aber haben den Pliniustext
nicht weniger geschädigt, als die Unwissenheit der Abschreiber.
Durch diesen unseligen Fleiss gewisser Gelehrten sind die
Bände dieses Autors nicht rein, sondern mit zahlreichen
Interpolationen versehen.‘ So eifert Rhenanus mit vollem
Rechte gegen die leichtsinnige Gläubigkeit, welche das Gold
verliert, weil es an der Schlacke Anstoss nimmt, die es ver-
hüllt und sich dagegen mit einem Schein begnügt. Sehr treffend

stellt er die Forderung die Conjecturen ad marginem zu setzen
oder doch abgetrennt vom Texte anzugeben, damit in den Text
nichts Fremdes, nichts Ungehöriges hineinkomme. Ueberhaupt
verlangt er von dem Textverbesserer und Texthersteller Ruhe,
Vorsicht und eine pietätvolle Achtung vor dem Vorhandenen.
Er ist auch hier im besten Sinne conservativ. Entschieden
abhold zeigt er sich dem ingeniösen Erfinden von Conjecturen,
der Auffassung, die mehr bestrebt ist, den Sinn zu errathen,
als die echten Worte zu finden und aus dem Schutte der Ent-
stellungen herauszugraben. Man sieht, das in der Luft hängende
— aprioristische Construiren würden wir sagen — ‚Diviniren‘
ist ihm in der Seele verhasst; [1] die alte Handschrift mit ihren
Lücken, Fehlern, Flecken, sie ist ihm das sicherste Mittel, zum
wahren echten Texte zu gelangen. Er äussert sich in den
bündigsten Ausdrücken über seinen Weg zur Wahrheit. Der
Sinn scheint ihm nicht hergestellt, wenn man nicht früher die
Worte genau ermittelt. Desshalb kann er sich mit dem Ver-
fahren des so warm verehrten Hermolaus, der aus Aristoteles,
Aelian, Theophrast und anderen Autoren den Sinn zu restituiren
unternahm, durchaus nicht einverstanden erklären. ‚Die nackte
einfache Emendation — vorausgesetzt, dass sie glücklich ist,
nützt viel mehr, als eine ausführliche Abhandlung, die auf zahl-
lose Zeugnisse gestützt, die Sache wenig berührt.‘ Das ist meine
Magie! ruft er aus und wir ergänzen: diese Magie war nichts
als der Fleiss, die Vorsicht und die unbeirrbare Gewissen-
haftigkeit des Mannes. Wol — mit Recht konnte er es sagen:
‚Wenn ich mehr meinem Ruhme, als dem allgemeinen Wohle,
dienen wollte, wenn ich die Sache mit Worten herausputzen
wollte, wer sieht nicht ein, wie viel Stoff in diesen ‚Castigationes‘
liegt.‘ Mit berechtigtem Stolz verweilt er dann auf dem bisher
von ihm Geleisteten. [2] Denn seine Restitutionen beruhen nicht
auf zufälligen aus der Luft gegriffenen Gedanken, sondern auf
dem gründlichen Studium der Handschriften. Die verdorbenen
Lesarten müssen für die Auffindung der Richtigen den Fingerzeig

---

[1] Non satis est sagt, er z B. (S. 78), autem Plinii aut alterius cuiuscunque
autoris sensum alicunde habuisse, nisi ipsa elementa ueterum codicum,
apicesque ipsos et horum singulos propemodum ductus diligentissime
etiam atque etiam inspicias. (S. 78.)

[2] cf. S. 26. 33.

darbieten, in ihnen steckt die reine Lesart verborgen, wie das
Gold in der Schlacke. Um wie viel kostbarer ist aber das Gold
der Autoren, als jenes allgemein so geschätzte Metall! Desshalb
sollte man doch einmal für die Manuscripte Sorge tragen. Die
Gelehrten aber mögen wissen, dass ohne Manuscripte Nichts
zu machen sei, denn die blossen Conjecturen täuschen häufig. [1]
In eindringender Weise beschwört er die Studierenden, sich's
nicht an dem faulen und schläfrigen Worte genügen zu lassen:
‚Diese Stelle verbesserte Hermolaus, diese Longolius, diese
Beatus Rhenanus.‘ Selbst möchten sie forschen in den verschiedenen Handschriften und ihren Augen mehr vertrauen, als
fremden. [2] Nicht irre sollen sie werden durch das Geschrei
Jener, die über die Geringfügigkeit jener Arbeit lachen, deren
Resultat die Aenderung eines Wortes sei, sondern eingedenk
sein, dass diese Arbeit nicht bloss sehr schwierig, sondern auch
sehr nothwendig sei. [3] Rhenanus kann dabei nicht umhin, nach
einigen Seiten hin, Hiebe auszutheilen. Namentlich den gewöhn-
lichen Philologen ist er nicht hold, jenen ‚Professoren, die auch
über die gröbsten Fehler in den Autoren nicht stutzig werden,
wenn sie aber dieselben bemerken, sie gewiss verheimlichen‘, [4]
oder Jene, die ihren Schülern beim Interpretiren die gröbsten
Lügen vorplaudern. Ein so kritischer Geist, wie Rhenanus, ist
denn auch seinen Vorgängern gegenüber nicht blind, Hermolaus
Barbarus, so sehr er ihn verehrt, Budäus (S. 91. 102),
wie Longolius (S. 92) werden trotz der wärmsten und
begeistertsten Lobsprüche doch scharf controllirt und oft
corrigirt, der Letzte namentlich wegen seines Absehens von
den Handschriften. — Auch sonst verschliesst Rhenanus seinen
Blick nicht, er tadelt die Gleichgültigkeit so vieler deutschen
Fürsten gegen die schönen Studien, und deckt bei aller Hoch-
achtung der italienischen Meister die Thatsache auf, dass auch
bei ihrem Volke Unwissenheit und Barbarei in früheren Jahrhunderten geherrscht. [5] Dasselbe freie Urtheil arbeitet nun
überall bei seiner Texteskritik. Freilich seine Emendationen

---

[1] cf. S. 34.
[2] cf. p. 46.
[3] cf. p. 65.
[4] cf. 77 und 90.
[5] 73.

haben einen sehr verschiedenen Werth. Neben den scharfsinnigsten durch ihre geniale Einfachheit unser Staunen erregenden Textrettungen finden sich wohl auch häufig ganz haltlose und es scheint mir, dass sein grübelnder Scharfsinn und Fleiss ihn öfter habe über das Ziel hinausschiessen lassen.

Doch wie dem auch sei, sein Verdienst um die Texteskritik des Plinius ist unbestritten, auch einer der letzten Herausgeber J. Sillig rühmt ihn als ausgezeichneten Philologen, dessen Verdienste um Plinius bei weitem grösser seien, als die seiner Vorgänger. [1]

Wir hatten Gelegenheit die eminente Thätigkeit und wachsende Kraft des Rhenanus während der Jahre 1508—1531 zu beobachten; zahlreich und werthvoll sind die Werke, die sein reger, für das Christenthum, wie für die Antike begeisterter Geist zu Nutz und Frommen der Gesammtheit und der deutschen Wissenschaft rastlos förderte; doch so lange auch die Reihe dieser wichtigen Hervorbringungen ist, Rhenanus Lebensarbeit ist damit noch nicht erschöpft. War er bis 1531 vorzugsweise als Philolog und Herausgeber von Kirchenvätern thätig, so gehört der Rest seines Lebens — neben philologischen Leistungen — vornehmlich der historischen Wissenschaft. Wie er hierin ein Bahnbrecher geworden, dies zu zeigen, soll den Stoff einer eigenen Monographie bilden.

---

[1] Präfatio p. XXIV. Longe maiora de Plinio merita sunt Beati Rhenani egregii illius inter Germanos saec XVI. philologi, qui uti multis aliis scriptoribus latinis in Plinio quoque utilissimam nanasset operam 1526, 1531 ep. ad. Pirkheimer (soll wol Puchaimer heissen) . . . non solum conjecturis ingeniosis multos locos (!) emendauit et. Ueber die benutzten Handschriften finden sich bei Sillig Auskünfte. Die Murbacher Handschrift ist nach Ruhnken Präf. ad Velleium p. 11 leider verloren.